STEPHEN KING THE GREEN MILE Teil 6

W0411840

BASTEI LÜBBE

STEPHEN KING
im BASTEI-LÜBBE-Taschenbuchprogramm:

THE GREEN MILE

13 950 Teil 1 Der Tod der jungen Mädchen
13 951 Teil 2 Die Maus im Todesblock
13 952 Teil 3 Coffey's Hände
13 953 Teil 4 Der qualvolle Tod
13 954 Teil 5 Reise in die Nacht
13 955 Teil 6 Coffey's Vermächtnis

13 001 Feuerkind
13 008 Shining
13 035 Cujo
13 043 Trucks – Filmerzählungen
13 088 Katzenauge – Filmerzählungen
13 121 Carrie
13 160 Nachtschicht – Erzählungen
13 299 Der Werwolf von Tarker Mills – Kalendergeschichten
13 411 The Stand

THE GREEN MILE
Teil 6

STEPHEN KING

COFFEY'S VERMÄCHTNIS

Ins Deutsche übertragen
von Joachim Honnef

BASTEI
LÜBBE

BASTEI-LÜBBE-TASCHENBUCH
Band 13 955

Erste Auflage:
August 1996

© Copyright 1996
by Stephen King
All rights reserved
Deutsche Lizenzausgabe 1996
Bastei-Verlag
Gustav H. Lübbe GmbH & Co.,
Bergisch Gladbach
Originaltitel: Coffey on the Mile
Titelbild: Robert Hunt
Umschlaggestaltung:
Quadro Grafik, Bensberg
Satz: Digital-Offset-Druck
W. Steckstor, Bensberg
Druck und Verarbeitung:
Elsnerdruck, Berlin
Printed in Germany

ISBN 3-404-13955-0

Der Preis dieses Bandes
versteht sich einschließlich der
gesetzlichen Mehrwertsteuer.

1

Ich saß im Solarium von Georgia Pines, hielt den Füllfederhalter meines Vaters in der Hand und vergaß die Zeit, während ich mir die Nacht in Erinnerung rief, in der Harry, Brutal und ich John Coffey von der Green Mile zu Melinda Moores brachten, um ihr Leben zu retten. Ich schrieb, wie wir William Wharton betäubten, der sich für den zweiten Billy the Kid hielt; ich erzählte davon, wie wir Percy Wetmore in die Zwangsjacke steckten und in die Gummizelle am Ende der Green Mile sperrten. Ich berichtete von unserer sonderbaren nächtlichen Reise – furchterregend und amüsant zugleich – und von dem Wunder, das sich am Ende ereignete. Wir erlebten, wie John Coffey eine Frau zurückholte, nicht nur vom Rand des Grabs, sondern vom Grund, wie es sich für uns darstellte.

Ich schrieb und nahm nur am Rande die Art des Lebens wahr, wie es sich in Georgia Pines abspielte. Alte Leute gingen hinab zum Abendessen und strömten dann zum Unterhaltungs-Center (ja, Sie dürfen lachen), um sich ihre abendliche Dosis TV-Sitcoms zu gönnen. Ich erinnere mich, daß meine Freundin Elaine mir ein Sandwich brachte. Ich dankte ihr und aß es, aber ich kann Ihnen nicht sagen, zu welcher Zeit sie es brachte und womit es belegt war. Das meiste von mir war wieder im Jahr 1932, als wir unsere belegten Brötchen für gewöhnlich vom Snackwagen des alten Toot-Toot kauften, kalter

Schweinebraten einen Nickel, Corned beef einen Dime.

Ich erinnere mich, daß es ruhiger wurde, als die Relikte, die hier leben, sich auf eine weitere Nacht mit leichtem, unruhigem Schlaf vorbereiteten; ich hörte Mickey – vielleicht nicht der beste Pfleger, aber gewiß der freundlichste – ›Red River Valley‹ mit seinem Tenor singen, während er herumging und die abendlichen Medikamente verteilte: »*From this valley they say you are going . . . We will miss your bright eyes and sweet smile . . .*«

Bei dem Lied mußte ich wieder an Melinda denken und an das, was sie zu John gesagt hatte, als das Wunder geschehen war. *Ich habe von dir geträumt. Ich träumte, du bist durch die Dunkelheit gewandert, und ich ebenfalls. Wir haben uns gefunden.*

In Georgia Pines wurde es still. Mitternacht kam und ging vorüber, und ich schrieb immer noch. Ich kam zu Harry, der uns daran erinnerte, daß wir zwar John zurück ins Gefängnis gebracht hatten, ohne erwischt zu werden, daß aber immer noch Percy auf uns wartete. »Der Abend ist noch nicht vorüber, solange wir noch nicht mit ihm fertig geworden sind«, sagte Harry.

Das war der Zeitpunkt, an dem der lange Tag, an dem ich mit dem Füller meines Vaters geschrieben hatte, seinen Tribut forderte. Ich legte den Füller hin – nur für ein paar Sekunden, dachte ich, damit ich wieder etwas Leben in meine steifen Finger bekommen konnte –, und dann legte ich die Stirn auf meinen Arm und schloß die Augen. Als ich sie wieder öffnete und den Kopf hob, schaute mich die Morgensonne durch die Fenster an. Ein Blick auf meine Uhr zeigte mir, daß es nach acht war. Ich hatte mit dem Kopf auf den Armen wie ein alter Säufer an die sechs Stunden geschlafen. Ich stand auf, verkniff das Gesicht und versuchte mich zu recken, um etwas Leben in den Rücken zu bekommen. Ich spielte mit dem Gedanken, in die Küche zu gehen, mir etwas Toast zu holen und meinen morgendlichen Spaziergang zu machen. Dann schaute ich auf die vollgekritzelten Seiten, die auf dem Schreibtisch verstreut waren. Plötzlich entschied ich mich, den Spaziergang zu verschieben. Ich hatte eine Aufgabe, ja, aber sie konnte warten, und ich fühlte mich an diesem Morgen nicht danach, mit Brad Dolan Verstecken zu spielen.

Statt zu spazieren, wollte ich meine Geschichte beenden. Manchmal ist es besser, man zwingt sich, ganz gleich, wie sehr Verstand und Körper protestieren mögen. Manchmal ist das die einzige Möglichkeit, etwas durchzuziehen. Und ich erinnere mich, daß ich an diesem Morgen verzweifelt wünschte, John Coffeys hartnäckigen Geist loszuwerden.

»Okay«, sagte ich. »Noch eine Meile. Aber zuerst …«

Ich ging hinab zur Toilette am Ende des Flurs im ersten Stock. Als ich auf dem Klo Wasser ließ, blickte ich zufällig zum Rauchmelder an der Decke. Das brachte mich auf den Gedanken an Elaine und wie sie Dolan gestern abgelenkt hatte, damit ich spazieren und meine kleine Aufgabe erledigen konnte. Ich beendete das Pinkeln mit einem Grinsen.

Dann kehrte ich ins Solarium zurück und fühlte mich besser (und viel behaglicher in meinen unteren Regionen). Jemand – zweifellos Elaine – hatte eine Kanne Tee neben meine Seiten gestellt. Ich trank gierig zwei Tassen Tee, bevor ich mich hinsetzte. Dann nahm ich meinen Platz wieder ein, schraubte den Füllfederhalter auf und begann wieder einmal zu schreiben.

Ich hatte mich gerade ganz in die Geschichte vertieft, als ein Schatten auf mich fiel. Ich blickte auf und hatte ein flaues Gefühl im Magen. Brad Dolan stand zwischen mir und den Fenstern. Er grinste.

»Ich habe deinen morgendlichen Spaziergang vermißt, Paulie«, sagte er. »So dachte ich mir, geh mal zu ihm und sieh nach, was los ist. Er wird doch nicht krank sein.«

»Du hast ein großes Herz«, sagte ich. Meine Stimme klang in Ordnung – bis jetzt jedenfalls –, aber mein Herz klopfte schnell. Ich hatte Angst vor ihm, und das nicht erst jetzt. Er erinnerte mich an Percy Wetmore, und vor dem hatte ich nie Angst . . . aber als ich Percy kennenlernte, war ich jung gewesen.

Brads Lächeln wurde breiter, aber noch unangenehmer.

»Die Leute sagen mir, du warst die ganze Nacht hier, Paulie, und hast an deinem kleinen Aufsatz geschrieben. Nun, das ist einfach nicht gut. Alte Furzer wie du brauchen ihren Schönheitsschlaf.«

»Percy ...« begann ich, dann sah ich sein Stirnrunzeln und erkannte meinen Fehler. Ich atmete tief durch und begann von neuem. »Brad, was hast du gegen mich?«

Er blickte einen Moment lang verwundert drein, vielleicht ein bißchen verstört. Dann grinste er wieder. »Alter, es könnte sein, daß mir einfach deine Visage mißfällt. Was schreibst du überhaupt? Dein Testament, wem du deine Eier vermachst?«

Brad kam neugierig näher, verrenkte den Hals. Ich schlug die Hand auf die Seite, an der ich gearbeitet hatte. Die restlichen Seiten raffte ich mit der freien Hand zusammen und verkrumpelte einige in meiner Hast, sie unter den Arm und in Deckung zu bringen.

»Nun«, sagte Brad, als spreche er zu einem kleinen Kind, »das wird nicht klappen, du alter Sack. Wenn Brad gucken möchte, dann guckt Brad. Darauf kannst du verdammt einen lassen.«

Seine Hand, jung und scheußlich stark, umschloß mein Handgelenk und drückte es. Schmerz grub sich wie Zähne in meine Hand, und ich stöhnte.

»Laß mich los«, krächzte ich.

»Wenn du mir das zeigst«, erwiderte Brad, und er lächelte nicht mehr. Sein Gesicht war jedoch heiter, die Art Heiterkeit, die man nur auf Gesichtern von Leuten sieht, denen es Spaß macht, gemein zu sein. »Laß sehen, Paulie. Ich will wissen, was du schreibst.« Er zog meine Hand von der obersten Seite weg. Von unserem Ausflug mit John Coffey zurück durch den Tunnel unter der Straße. »Ich will sehen, ob es etwas mit deinen Spaziergängen zu tun hat ...«

»Lassen Sie diesen Mann in Frieden!«

Die Stimme klang wie ein Peitschenknall an einem trockenen, heißen Tag ... und Brad Dolan zuckte zusammen, als hätte die Peitsche seinen Hintern getroffen. Er ließ meine Hand los, die sofort auf meine Seiten fiel, und wir blickten beide zur Tür.

Dort stand Elaine Connelly und sah frisch und kräftiger aus als seit Tagen. Sie trug Jeans, in denen ihre schmalen Hüften und langen Beine gut zur Geltung kamen; ein blaues Band war in ihrem Haar. Sie hielt ein Tablett mit ihren arthritischen Händen – Orangensaft, ein Rührei, Toast, noch mehr Tee. Und ihre Augen glühten vor Zorn.

»Was soll das?« fragte Brad. »Er kann nicht hier oben essen.«

»Er kann, und er wird es«, sagte Elaine im gleichen trockenen Befehlston. Ich hatte sie noch nie so gehört, aber ich freute mich jetzt darüber. Ich suchte nach Furcht in ihren Augen und sah kein bißchen davon – nur Zorn. »Und Sie verschwinden von hier, bevor Sie vom Ärgernis einer Schabe zu einem etwas größeren Ungeziefer werden – sagen wir mal zur *Rattus Americanus*.«

Brad Dolan trat einen Schritt auf sie zu und wirkte unsicher und entsetzlich wütend zugleich. Ich hielt das für eine gefährliche Kombination, aber Elaine zuckte mit keiner Wimper, als er sich näherte. »Ich wette, ich weiß, wer diesen verdammten Rauchmelder ausgelöst hat«, sagte

Dolan. »Das kann nur eine gewisse alte Hexe mit Klauen als Händen gewesen sein. Und jetzt hau ab. Ich und Paulie haben unseren kleinen Plausch noch nicht beendet.«

»Sein Name ist *Mr. Edgecombe*«, sagte Elaine, »und wenn ich jemals höre, daß Sie ihn wieder Paulie nennen, dann kann ich Ihnen versprechen, daß Ihre Tätigkeit hier in Georgia Pines enden wird, Mr. Dolan.«

»Für wen halten Sie sich?« fragte Brad. Er ragte über ihr auf, versuchte zu lächeln und schaffte es nicht ganz.

»Ich bin die Großmutter des Mannes, der gegenwärtig Präsident des Repräsentantenhauses von Georgia ist«, sagte Elaine ruhig. »Ein Mann, der seine Verwandten liebt, Mr. Dolan. Besonders seine *älteren* Verwandten.«

Das gezwungene Lächeln verschwand von seinem Gesicht wie etwas von einer Tafel verschwindet, das mit einem nassen Schwamm weggewischt wird. Ich sah Unsicherheit, den Gedanken, daß sie bluffte, die Furcht, daß es kein Bluff war, und eine logische Schlußfolgerung: Es würde leicht genug sein, das zu überprüfen, das mußte sie wissen, und folglich sagte sie die Wahrheit.

Plötzlich begann ich zu lachen, und obwohl es ein bißchen rostig klang, war es ein richtiges Lachen.

Ich erinnerte mich, wie oft Percy Wetmore uns in den schlechten alten Tagen mit seinen Beziehungen gedroht hatte. Jetzt wurde zum ersten Mal in meinem langen, langen Leben wieder eine solche Drohung ausgestoßen ... aber diesmal zu meinen Gunsten.

Brad Dolan warf mir einen wütenden Blick zu und schaute dann wieder Elaine an.

»Es ist mein Ernst«, sagte Elaine. »Zuerst wollte ich Sie einfach gewähren lassen – ich bin alt, und Sie zu ignorieren schien am leichtesten. Aber wenn meine Freunde bedroht und mißhandelt werden, dann bleibe ich *nicht* untätig. Und jetzt verschwinden Sie. Ohne ein weiteres Wort.«

Seine Lippen bewegten sich wie die eines Fischs – oh, wie gern hätte er dieses eine weitere Wort gesagt (vielleicht eines, das sich auf *Hexe* oder *Rotze* reimte). Aber er sagte es nicht. Er schaute mich noch einmal an, und dann schritt er an ihr vorbei und hinaus in die Halle.

Ich atmete mit einem langen, abgehackten Seufzen auf. Elaine stellte das Tablett vor mir ab und setzte sich mir gegenüber. »Ist dein Enkel tatsächlich Präsident des Repräsentantenhauses?« fragte ich.

»Das ist er tatsächlich.«

»Was machst du dann hier?«

»Als Präsident des Repräsentantenhauses ist er mächtig genug, um mit einer Schabe wie Brad Dolan fertig zu werden, aber das macht ihn nicht *reich*«, sagte sie und lachte. »Außerdem gefällt es mir hier. Ich liebe die Gesellschaft.«

»Ich betrachte das als Kompliment«, sagte ich, und so war es auch.

»Paul, ist mit dir alles in Ordnung? Du siehst so müde aus.« Elaine neigte sich über den Tisch und strich mir das Haar aus der Stirn. Ihre Finger waren knorrig, doch die Berührung war kühl und wunderbar. Ich schloß für einen Moment die Augen. Als ich sie wieder öffnete, hatte ich eine Entscheidung gefällt.

»Alles in Ordnung«, sagte ich. »Und fast fertig. Elaine, würdest du etwas lesen?« Ich hielt ihr die Seiten hin, die ich zusammengerafft hatte. Sie waren vermutlich nicht mehr in der richtigen Reihenfolge – Dolan hatte mir einen riesigen Schrecken eingejagt –, aber sie waren numeriert, und Elaine konnte sie schnell sortieren.

Sie schaute mich nachdenklich an, ohne die Seiten zu nehmen. Jedenfalls noch nicht. »Bist du fertig?«

»Du wirst bis zum Nachmittag brauchen, um zu lesen, was fertig ist«, sagte ich. »Wenn du es überhaupt entziffern kannst, heißt das.«

Jetzt nahm Elaine die Seiten und schaute sie an. »Du hast eine sehr schöne Handschrift, obwohl diese Hand offensichtlich müde ist«, sagte sie. »Damit werde ich keine Schwierigkeiten haben.«

»Wenn du fertig gelesen hast, werde ich den Rest geschrieben haben«, sagte ich. »Du kannst den Schluß in einer halben Stunde oder so lesen. Und dann ... wenn du immer noch willst ... möchte ich dir etwas zeigen.«

»Hat es etwas mit dem Ort zu tun, an den du morgens und nachmittags gehst?«

Ich nickte.

Sie dachte eine scheinbar sehr lange Zeit darüber nach, nickte dann und erhob sich mit den Seiten in der Hand.

»Ich gehe hinten raus«, sagte sie. »Die Sonne ist heute morgen sehr warm.«

»Und der Drachen ist besiegt«, sagte ich. »Diesmal von der Heldin.«

Elaine lächelte, neigte sich zu mir und küßte mich über der Augenbraue auf die empfindliche Stelle, an der ich immer wohlig erschauere. »Hoffen wir es«, sagte sie, »aber nach meiner Erfahrung wird man Drachen wie Brad Dolan nur schwer los.« Sie zögerte. »Viel Glück, Paul. Ich hoffe, du kannst besiegen, was auch immer an dir genagt hat.«

»Das hoffe ich auch«, sagte ich und dachte an John Coffey. *Ich konnte nichts dafür,* hatte John gesagt. *Ich habe es versucht, aber es war zu spät.*

Ich aß das Rührei, trank den Orangensaft und schob den Toast für später beiseite. Dann nahm ich meinen Füller und begann wieder zu schreiben, zum letzten Mal, wie ich hoffte.

Eine letzte Meile.

2

Als wir John in jener Nacht zurück zu Block E brachten, war sein Transport mit der Leichenbahre eine Notwendigkeit, kein Luxus. Ich bezweifle sehr, daß er es aus eigener Kraft durch den Tunnel geschafft hätte; geducktes Gehen erfordert mehr Energie als aufrechtes, und die Decke war für einen Riesen wie John Coffey verdammt niedrig. Ich mochte nicht daran denken, daß er dort unten zusammenbrach. Wie würden wir das auch noch erklären, zusätzlich zu der Erklärung, warum wir Percy in das Irren-Sakko – so bezeichnete Brutal die Zwangsjacke – gesteckt und in die Gummizelle eingeschlossen hatten?

Aber wir hatten die Bahre – Gott sei Dank –, und John Coffey lag darauf wie ein gestrandeter Wal, als wir ihn zur Treppe des Lagerraums fuhren. Dort stieg er hinunter, schwankte und blieb dann einfach mit gesenktem Kopf und schwer atmend stehend. Seine Haut war so grau, daß er aussah, als wäre er in Mehl gewälzt worden. Ich dachte, er würde spätestens am Mittag im Krankenrevier sein ... das heißt, wenn er bis dahin nicht tot war.

Brutal blickte mich grimmig und bestürzt an. Ich erwiderte den Blick. »Wir können ihn nicht rauftragen, aber wir können ihm helfen«, sagte ich. »Du packst ihn unter dem rechten Arm, ich packe ihn unter dem linken.«

»Und ich?« fragte Harry.

»Geh hinter uns. Wenn er rückwärts kippt, schiebst du ihn vorwärts.«

»Und wenn das nicht klappt, duck dich dorthin, wo er deiner Schätzung nach hinfällt und mach die Landung für ihn weicher«, sagte Brutal.

»O Mann«, sagte Harry, »du solltest als Clown zum Zirkus gehen, so lustig wie du bist.«

»Ich habe Sinn für Humor, das stimmt«, gab Brutal zu.

Letzten Endes schafften wir es, John die Treppe hinaufzubugsieren. Meine größte Sorge war, daß er vielleicht ohnmächtig wurde, aber das war nicht der Fall. »Geh um mich rum und vergewissere dich, daß der Lagerraum leer ist«, sagte ich keuchend zu Harry.

»Was soll ich sagen, wenn er nicht leer ist?« fragte Harry und zwängte sich an mir vorbei. »›Ich bin der Avon-Berater‹, und dann hierhin zurückflitzen?«

»Sei kein Weisenheimer«, brummte Brutal.

Harry öffnete die Tür einen Spalt und steckte den Kopf hindurch. Das kam mir wie eine Ewigkeit vor. Schließlich zog er den Kopf zurück und sah fast fröhlich aus. »Die Luft ist rein. Und es ist *still.*«

»Hoffen wir, daß es so bleibt«, sagte Brutal. »Komm, John Coffey, fast daheim.«

John schaffte es aus eigener Kraft, den Lagerraum zu durchqueren, aber wir mußten ihm die drei Stufen zu meinem Büro hinauf helfen und ihn dann durch die kleine Tür schieben. Als er wieder auf die Füße kam, atmete er rasselnd, und seine Augen hatten einen glasigen Schimmer. Außerdem – ich registrierte es mit Entsetzen – hatte sich der rechte Mundwinkel nach unten gezogen und wirkte wie Melindas Mund, als wir in ihr Zimmer getreten waren und sie im Bett gesessen hatte, gestützt von den Kissen.

Dean hörte uns und kam vom Wachpult am Kopf der Green Mile.

»Gott sei Dank! Ich dachte schon, ihr kommt nie zurück. Ich war fast überzeugt, daß ihr geschnappt worden seid oder der Direktor euch eine Kugel verpaßt hat oder . . .« Er verstummte, als sein Blick das erste Mal auf John fiel. «Was ist denn mit dem los? Er sieht wie ein Sterbender aus!«

»Er stirbt nicht ... oder, John?« fragte Brutal. Seine Augen signalisierten Dean eine Warnung.

»Natürlich nicht«, sagte Dean hastig, »ich meinte nicht wie ein *Sterbender* ...«

Dean stieß ein nervöses kleines Lachen aus. »Aber, Himmel ...«

»Laß es gut sein«, sagte ich. »Hilf uns, ihn in seine Zelle zu bringen.«

Wieder einmal waren wir Hügel um einen Berg namens John Coffey, aber jetzt war es ein Berg, der ein paar Millionen Jahre an Erosion durchlitten hatte und ausgelaugt und traurig war. John Coffey bewegte sich langsam und atmete schnaufend durch den Mund wie ein alter Mann, der zuviel geraucht hat, aber immerhin bewegte er sich.

»Was ist mit Percy?« fragte ich. »Hat er Theater gemacht?«

»Zu Anfang«, sagte Dean. »Versuchte durch das Isolierband zu brüllen, das du ihm über das Maul geklebt hast. Es waren Flüche, glaube ich.«

»Gnade«, sagte Brutal. »Gut, daß unsere zarten Ohren woanders waren.«

»Seither nur dann und wann ein Tritt gegen die Tür.« Dean war so erleichtert, uns wiederzusehen, daß er brabbelte. Seine Brille war auf die Spitze der Nase gerutscht, die vor Schweiß glänzte. Er rückte die Brille zurecht. Wir passierten Whartons Zelle. Dieser nichtsnutzige junge Mann lag flach auf dem Rücken und schnarchte wie ein Sousaphon. Seine Augen waren diesmal geschlossen.

Dean sah meinen Blick und lachte.

»Keine Probleme von diesem Kerl! Hat sich nicht mehr geregt, seit er sich auf die Pritsche legte. Total weg. Und was Percys gelegentliche Tritte gegen die Tür anbetrifft, die haben mir nichts ausgemacht. Ehrlich gesagt, ich war froh darüber. Wenn er überhaupt keine Geräusche von sich gegeben hätte, dann hätte ich mich gefragt, ob er an dem Knebel erstickt sei. Aber das ist noch nicht der Clou. Wißt ihr, was der Clou ist? Es war so ruhig wie am Aschermittwochmorgen in New Orleans! In der ganzen Nacht hat sich kein Mensch blicken lassen.« Letzteres sagte er mit triumphierender Stimme. Er freute sich diebisch. »Wir sind nicht erwischt worden! Es hat geklappt!«

Das erinnerte ihn daran, warum wir überhaupt die ganze Komödie aufgeführt hatten, und er erkundigte sich nach Melinda.

»Es geht ihr prima«, sagte ich. Wir gelangten zu John Coffeys Zelle. Was Dean gesagt hatte, wirkte gerade auf uns ein. *Wir sind nicht erwischt worden. Es hat geklappt.*

»War es wie ... du weißt schon ... wie mit der Maus?« fragte Dean. Er blickte kurz zu der leeren Zelle, in der Delacroix mit Mr. Jingles gewohnt hatte, dann hinab zu der Gummizelle, von der aus die Maus wahrscheinlich zum ersten Mal aufgetaucht war. Er senkte die Stimme, wie es Leute tun, wenn sie eine große Kirche betreten, wo sogar die Stille zu flüstern scheint. »War es ein ...« Er schluckte. »Sag´s schon, du weißt, was ich meine ... war es ein Wunder?«

Wir drei tauschten kurze Blicke und bestätigten, was wir bereits wußten. »Er holte sie aus ihrem verdammten Grab zurück«, sagte Harry. »Ja, es war ein Wunder, das war es.«

Brutal schloß die beiden Schlösser der Zelle auf und schob John sanft hinein. »Geh, großer Junge. Ruh dich eine Weile aus. Du hast es verdient. Wir kümmern uns um Percy und ...«

»Er ist ein böser Mann«, sagte John mit leiser, mechanisch klingender Stimme.

»Das stimmt zweifellos, böse wie ein Hexer«, pflichtete ihm Brutal in beruhigendem Tonfall zu. »Aber du brauchst dir deswegen keine Sorgen zu machen, wir lassen ihn nicht in deine Nähe. Entspanne dich auf deiner Pritsche, und ich besorge dir im Nu eine Tasse Kaffee. Heiß und stark. Du wirst dich wie neugeboren fühlen.« John ließ sich schwer auf die Pritsche sinken. Ich dachte, er würde sich zurückfallen lassen und zur Wand rollen, wie er es für gewöhnlich tat, aber er blieb einfach dort sitzen, hielt die Hände zwischen den Knien verschränkt, senkte den Kopf und atmete stoßweise durch den Mund. Das Medaillon des Heiligen Christophorus, das Melinda ihm geschenkt hatte, war aus seinem Hemd gerutscht und pendelte hin und her. Er wird dich beschützen, hatte sie ihm gesagt, aber John Coffey sah kein bißchen beschützt aus. Er sah aus, als hätte er Melindas Stelle in diesem Grab eingenommen, von dem Harry gesprochen hatte.

Aber ich konnte in diesem Augenblick nicht über John Coffey nachdenken.

Ich wandte mich an die anderen. »Dean, hol Percys Waffe und den Hickorystock.«

»Okay.« Dean ging zum Wachpult, schloß die Schublade auf, nahm den Revolver und den Schlagstock heraus und kehrte damit zurück.

»Bereit?« fragte ich. Meine Männer – gute Männer, und ich war nie stolzer auf sie als in dieser Nacht – nickten. Harry und Dean wirkten nervös; Brutal war so unerschütterlich wie immer. »Okay. Ich rede. Je weniger ihr sagt, desto besser wird es vermutlich sein und um so schneller haben wir alles hinter uns ... zum Besseren oder Schlechteren. Okay?«

Sie nickten abermals. Ich atmete tief durch und ging über die Green Mile zur Gummizelle.

Percy blickte blinzelnd auf, als das Licht auf ihn fiel. Er hockte am Boden und leckte an dem Isolierband, das ich ihm über den Mund geklebt hatte. Der Teil, den ich um seinen Nacken gewunden hatte, hatte sich gelöst (vermutlich durch den Schweiß und die Pomade in seinem Haar), und er hatte es fast geschafft, den Rest auch noch zu lösen. Noch eine Stunde, und er hätte aus Leibeskräften um Hilfe gebrüllt.

Er schob sich mit den Füßen auf dem Boden weiter zurück, als wir eintraten. Dann verharrte er, weil ihm wohl klargeworden war, daß er nur in die Südostecke der Zelle krabbeln konnte. Er war boshaft, und er kapierte nicht den Sinn unserer Arbeit in Block E, aber er war nicht ganz blöde.

Ich nahm seine Waffe und den Schlagstock von Dean entgegen und hielt die Dinge Percy hin. »Willst du die zurückhaben?« fragte ich.

Er schaute mich mißtrauisch an und nickte dann.

»Brutal, Harry«, sagte ich. »Stellt ihn auf die Füße.«

Sie bückten sich, packten ihn unter den Segeltucharmen der Zwangsjacke und zogen ihn hoch. Ich ging auf ihn zu, bis wir fast Nase an Nase standen. Ich roch seinen sauren Schweiß, mit dem er übergossen schien. Einiger davon war ihm vermutlich bei seinen Anstrengungen ausgebrochen, sich von dem Isolierband zu befreien oder gelegentlich gegen die Tür zu treten, aber ich glaube, der meiste Schweiß war auf Angst zurückzuführen; die Furcht vor dem, was wir ihm vielleicht antaten, wenn wir zurückkehrten.

Sie werden mir nichts tun, sie sind keine *Killer,* hatte sich Percy wohl gesagt ... und dann hatte er vielleicht an Old Sparky gedacht, und es war ihm in den Sinn kommen, daß wir in gewisser Weise eben doch Killer waren. Ich selbst hatte siebenundsiebzig getötet, mehr als jeder der Männer, die ich jemals auf den heißen Stuhl geschnallt hatte, mehr als Sergeant York sich im Ersten Weltkrieg als Verdienst anrechnen konnte. Percy zu ermorden würde nicht logisch sein, aber wir hatten uns bereits unlogisch verhalten. Das hatte er sich vermutlich gesagt, als er dort mit den Armen hinter dem Rücken gehockt und versucht hatte, mit der Zunge das Isolierband vom Mund zu lösen. Und außerdem hatte Logik höchstwahrscheinlich wenig Macht über die Gedanken einer Person, die in einer Gummizelle auf dem Boden hockt, so fest eingehüllt, wie eine Spinne jemals eine Fliege in ihrem Netz gehabt hat.

Wenn ich ihn jetzt nicht dort hatte, wo ich ihn haben wollte, würde ich ihn nie dorthin bekommen.

»Ich nehme das Isolierband von deinem Mund, wenn du versprichst, daß du nicht rumbrüllst«, sagte ich. »Ich will mit dir reden, nicht brüllen. Also, was ist? Wirst du ruhig sein?«

Ich sah Erleichterung in seinen Augen, als ihm klar wurde, daß er wirklich eine gute Chance hatte, mit heiler Haut davonzukommen, wenn ich mit ihm reden wollte. Er nickte.

»Wenn du Krach schlägst, klebe ich dir das Isolierband wieder auf den Mund«, sagte ich. »Hast du das verstanden?«

Wieder ein Nicken, diesmal ziemlich ungeduldig.

Ich nahm das Ende des Isolierbandes, das er schon etwas gelöst hatte, und riß hart daran. Es gab ein lautes Ratschen. Brutal zuckte zusammen. Percy jaulte vor Schmerzen und rieb sich über die Lippen. Er versuchte zu sprechen, erkannte, daß er das nicht mit der Hand auf dem Mund tun konnte, und ließ die Hand sinken.

»Laß mich aus dieser Irrenjacke raus, du Scheißer«, zischte er.

»In einer Minute«, erwiderte ich.

»Auf der Stelle! Sofort! So. . .«

Ich schlug ihm ins Gesicht. Es war geschehen,

bevor ich überhaupt wußte, daß ich es tun würde ... aber ich hatte natürlich gewußt, daß es *vielleicht* dazu kommen würde. Sogar während des ersten Gesprächs über Percy, das ich mit Direktor Hal Moores gehabt und bei dem Hal mir geraten hatte, Percy die Leitung bei der Hinrichtung von Delacroix zu überlassen, hatte ich gewußt, daß es *vielleicht* dazu kommen würde. Die Hand eines Menschen ist wie ein Tier, das nur halb gezähmt ist; meistens ist es gutmütig, aber manchmal beißt es das erste, was es sieht.

Das Geräusch klang wie das Knacken eines Astes. Dean schnappte nach Luft. Percy starrte mich schockiert an, und seine Augen waren weit aufgerissen und quollen fast aus den Höhlen. Sein Mund klaffte auf und schloß sich, klaffte auf und schloß sich wie das Maul eines Fisches im Aquarium.

»Halt die Klappe und hör mir zu«, sagte ich. »Du verdienst Strafe für das, was du Del angetan hast, und wir haben dir gegeben, was du verdienst. Dies war die einzige Möglichkeit, wie wir es tun konnten. Wir alle außer Dean waren gleicher Meinung, und er wird einverstanden sein, denn wir lassen es ihn bereuen, wenn er anderer Meinung ist. Ist das so, Dean?«

»Ja«, flüsterte Dean. Er war milchblaß. »So wird es wohl sein.«

»Und wir werden dich bereuen lassen, daß du jemals geboren worden bist«, fuhr ich fort. »Wir werden dafür sorgen, daß die Leute erfahren, wie du Delacroix´ Hinrichtung sabotiert hast ...«

»*Sabotiert ...!*«

»... und wie durch deine Schuld Dean fast ums Leben gekommen wäre. Wir werden genug plaudern, um dich aus fast jedem Job fernzuhalten, den dir dein Onkel beschaffen kann.«

Percy schüttelte heftig den Kopf. Er glaubte das nicht, *konnte* es vielleicht nicht kapieren. Meine fünf Finger prangten auf seiner bleichen Wange wie das Schild eines Wahrsagers.

»Und außerdem werden wir dafür sorgen, daß du halbtot geschlagen wirst. Das brauchen wir nicht selbst zu tun. Wir haben auch Beziehungen, Percy, bist du so blöde, daß dir das nicht klar ist? Sie sitzen nicht in der Hauptstadt, aber sie wissen, wie man gewisse Dinge regelt. Das sind Leute, die hier Freunde haben, dort Brüder, da Väter. Sie würden mit Freude die Nase oder den Penis von einem Scheißkerl wie dir amputieren. Sie würden es tun, damit jemand, den sie mögen, zusätzliche drei Stunden Hofgang in jeder Woche bekommt.«

Percy hörte auf, den Kopf zu schütteln. Jetzt starrte er nur. Tränen standen in seinen Augen, rannen jedoch nicht heraus. Ich nehme an, es waren Tränen des Zorns und der Frustration. Oder vielleicht hoffte ich nur, daß sie das waren.

»Okay ... nun sieh mal das Positive, Percy. Ich nehme an, deine Lippen brennen ein bißchen, nachdem ich das Isolierband abgerissen habe, aber sonst ist nichts beschädigt – abgesehen von deinem Stolz ... und keiner außer den Leuten in dieser Zelle muß etwas davon erfahren. Wir werden es nie erzählen, nicht wahr, Jungs?«

Sie nickten bekräftigend. »Natürlich nicht«,

sagte Brutal. »Dinge der Green Mile bleiben auf der Green Mile. So war es immer.«

»Du gehst nach Briar Ridge, und wir lassen dich bis dahin in Ruhe«, sagte ich. »Willst du es darauf beruhen lassen, oder willst du die harte Tour?«

Es folgte ein langes, langes Schweigen, während er überlegte – ich konnte fast sehen, wie sich die Rädchen in seinem Kopf drehten, während er die verschiedenen Möglichkeiten abwog. Und ich nehme an, ein Problem muß den Rest seiner Überlegungen beeinflußt haben: Das Isolierband war von seinem Mund fort, aber er trug immer noch die Zwangsjacke und mußte vermutlich pinkeln wie ein Rennpferd.

»Also gut«, sagte er. »Wir betrachten die Sache als erledigt. Nehmt mir jetzt diese Irrenjacke ab. Meine Schultern sind wie abgestorben . . .«

Brutal trat vor, schob mich mit der Schulter zur Seite und packte Percys Gesicht mit einer großen Hand – die Finger gruben sich in Percys rechte Wange, und der Daumen drückte eine tiefe Delle in die linke.

»In ein paar Sekunden«, sagte er. »Erst hörst du mir zu. Paul hier ist der große Boß, und so muß er manchmal vornehm reden.«

Ich versuchte, mich an eine vornehme Formulierung zu erinnern, was ich vielleicht zu Percy gesagt hatte, aber es fiel mir nicht viel ein. Dennoch hielt ich es für das beste, den Mund zu halten. Percy wirkte einigermaßen eingeschüchtert, und ich wollte das nicht verderben.

»Die Leute verstehen nicht immer, daß vornehm nicht dasselbe wie weich ist, und dann komme ich ins Spiel. Ich bin nicht vornehm. Ich sage die Dinge frei heraus. Und so sage ich es frei heraus: Wenn du dein Versprechen nicht einhältst, wird es höchstwahrscheinlich einen Arschfick geben. Wir werden dich finden – und wenn wir dich bis Rußland suchen müssen, wir werden dich finden –, und wir ficken dich nicht nur in den Arsch, sondern in jedes Loch, das du hast. Wir ficken dich, bis du dir wünschst, tot zu sein, und dann reiben wir Essig in die Stellen, die bluten. Hast du mich verstanden?«

Percy nickte. Mit Brutals Hand, die sich in seine Wangen grub, sah Percy unheimlich wie der alte Toot-Toot aus.

Brutal ließ ihn los und trat zurück. Ich nickte Harry zu, der hinter Percy trat und die Gurte aufschnallte.

»Merk dir das, Percy«, sagte Harry. »Merk dir das und laß das Vergangene ruhen.«

Alles war angemessen gruselig, drei Butzemänner in blauen Uniformen ... aber ich empfand trotzdem eine Art wissende Verzweiflung. Er hielt vielleicht einen Tag oder eine Woche lang den Mund und überlegte verschiedene Aktionen, aber am Ende würden sich zwei Dinge verbünden: der Glaube an seine Beziehungen und die Unfähigkeit, sich als Verlierer geschlagen zu geben. Wenn das geschah, würde er sein Gift versprühen. Wir hatten vielleicht geholfen, Melly Moores´ Leben zu retten, indem wir John zu ihr gebracht hatten, und ich hätte das nicht anders gemacht (»nicht für allen Tee in China«, wie wir in jenen Tagen zu sagen pflegten), aber letzten Endes würden wir zu Boden gehen, und der Ringrichter würde uns auszählen. Außer Mord gab es keine Möglichkeit, wie wir Percy zur Einhaltung des Handels zwingen konnten, wenn er erst von uns fort war und das zurückkehrte, was er für seinen Mumm hielt.

Ich blickte Brutal von der Seite an und sah, daß ihm das ebenfalls klar war. Was mich nicht überraschte. Mrs. Howells Sohn Brutus legte man nicht so schnell aufs Kreuz, das hatte man noch nie gekonnt. Er hob kaum wahrnehmbar eine Schulter und ließ sie wieder sinken, aber das reichte. *Na und?* sagte dieses Schulterzucken. *Was zählt sonst, Paul? Wir haben getan, was wir tun mußten. Wir haben unser Bestes gegeben.*

Ja. Und das Ergebnis konnte sich ebenfalls sehen lassen.

Harry schnallte den letzten Riemen der Zwangsjacke auf. Percy verzog angewidert und wütend das Gesicht, streifte die Zwangsjacke ab und ließ sie auf den Boden fallen. Er schaute keinen von uns an, nicht direkt.

»Gib mir meinen Revolver und meinen Schlagstock«, sagte er. Ich überreichte ihm die Dinge. Er stieß die Waffe ins Holster und schob den Schlagstock in das handgefertigte Futteral.

»Percy, wenn du darüber nachdenkst . . .«

»Oh, das habe ich vor«, sagte er und schob sich an mir vorbei. »Ich werde sehr genau darüber nachdenken. Ich fange gleich damit an. Auf dem Heimweg. Einer von euch kann am Ende der Schicht die Stechuhr für mich drücken.« Er ging zur Tür der Gummizelle und wandte sich zu uns um. Er musterte uns mit ärgerlicher, verlegener Verachtung – eine tödliche Mischung für das Geheimnis, das wir Narren zu bewahren gehofft hatten. »Es sei denn natürlich, ihr wollt erklären, warum ich den Dienst früher beendet habe.«

Er verließ die Zelle und schritt die Green Mile hinauf, vergaß in seiner Aufregung, warum der mit grünem Linoleum ausgelegte Gang so breit war. Er hatte diesen Fehler schon einmal begangen und war davongekommen. Er würde nicht noch einmal davonkommen.

Ich folgte ihm aus der Tür und überlegte eine Möglichkeit, wie ich ihn beruhigen konnte – ich wollte nicht, daß er Block E so verließ, verschwitzt und aufgelöst, mit dem roten Abdruck meiner Hand auf der Wange. Die anderen drei folgten mir.

Was dann geschah, spielte sich sehr schnell ab – es dauerte nicht länger als eine Minute, vielleicht sogar noch weniger. Dennoch erinnere ich mich bis zum heutigen Tage an alles – ich nehme an, weil ich Janice alles erzählte, als ich heimkam, und es sich deshalb einprägte. Was danach geschah – das Treffen mit Curtis Anderson im Morgengrauen, die gerichtliche Untersuchung, die Pressekonferenz, die Hal Moores einberief (da war er natürlich zurück), und schließlich der Untersuchungsausschuß in der Hauptstadt des Staates – all diese Dinge verblaßten im Laufe der Jahre wie so vieles in meiner Erinnerung. Aber ich erinnere mich perfekt an das, was dort auf der Green Mile passierte.

Percy ging mit gesenktem Kopf auf der rechten Seite der Meile, und ich sage soviel: Kein normaler Gefangener hätte ihn erreichen können. Aber John Coffey war kein normaler Gefangener. John Coffey war ein Hüne, und er hatte die Reichweite eines Hünen.

Ich sah seinen langen, braunen Arm zwischen den Gitterstäben hervorschießen und schrie: »*Vorsicht, Percy, paß auf!*« Percy wandte den Kopf, und seine linke Hand senkte sich auf den Schlagstock. Dann wurde er gepackt und gegen John Coffeys Zelle gerissen, und seine rechte Gesichtshälfte knallte gegen die Gitterstäbe.

Er stieß einen ächzenden Laut aus und fuhr zu Coffey herum, wobei er den Hickoryschlagstock hob. John war gewiß anfällig; sein Gesicht war so angestrengt zwischen zwei Gitterstäbe gepreßt, daß es aussah, als versuche er seinen ganzen Kopf hindurchzuschieben. Das war natürlich unmöglich, aber so sah es aus. Mit der rechten Hand umklammerte er Percys Nacken und riß Percys Kopf nach vorne. Percy schlug mit dem Stock zwischen die Gitterstäbe und auf Johns Schläfe. Blut floß, aber John schenkte ihm keine Beachtung. Er preßte den Mund auf Percys Mund. Ich hörte ein Zischen – wie das Ausstoßen eines lange angehaltenen Atemzugs. Percy zuckte wie ein Fisch am Haken, versuchte zu entkommen, aber er hatte nie eine Chance; John umfaßte mit der rechten Hand Percys Nacken und hielt ihn fest. Ihre Gesichter schienen zu verschmelzen wie die Gesichter von Liebenden, die sich leidenschaftlich durch Gitterstäbe küssen.

Percy schrie – der Schrei klang gedämpft, wie er durch das Isolierband geklungen hatte – und wollte sich losreißen. Einen Moment lösten sich ihre Lippen ein wenig voneinander, und ich sah die schwarze, wirbelnde Woge, die aus John Coffey und in Percy Wetmore hineinflutete. Was nicht durch seinen zitternden Mund hineinging, schoß in seine Nasenlöcher. Dann spannte sich die Hand um seinen Nacken, und Percy wurde wieder auf Johns Mund gezogen; war fast darauf aufgespießt.

Percys linke Hand öffnete sich. Sein geliebter Schlagstock fiel auf das grüne Linoleum. Er hob ihn nie wieder auf.

Ich versuchte vorwärtszuspringen, ich nehme an, ich tat es auch, aber meine Bewegungen kamen mir selbst lahm und unbeholfen vor. Ich griff nach meiner Waffe, doch sie war durch einen Riemen am Nußbaumgriff gesichert, und ich bekam sie zuerst nicht aus dem Holster heraus. Unter mir schien der Boden zu erzittern wie im Schlafzimmer des kleinen Hauses von Direktor Moores.

Ich bin mir dessen nicht völlig sicher, aber ich glaube, daß eine der Glühbirnen in dem Drahtgitter an der Decke zerbarst. Glassplitter regneten herab. Harry schrie überrascht auf.

Schließlich schaffte ich es, den Sicherheitsriemen über dem Griff meines 38ers zu lösen, aber bevor ich die Waffe aus dem Holster gezogen hatte, stieß John Percy von sich und trat in seine Zelle zurück. John schnitt eine Grimasse, als hätte er etwas Schlechtes geschmeckt.

»Was hat er getan?« rief Brutal. »Was hat er getan, Paul?«

»Was auch immer er aus Melly herausgesaugt hat, das hat jetzt Percy«, sagte ich.

Percy lehnte an den Gitterstäben von Delacroix' alter Zelle. Seine Augen waren weit aufgerissen und ausdruckslos – zwei Nullen. Ich näherte mich ihm vorsichtig, rechnete damit, daß er hustete und würgte, wie John es getan hatte, als er mit Melinda fertig gewesen war, aber das tat er nicht. Zuerst stand er einfach nur da.

Ich schnippte mit den Fingern vor seinen Augen. »Percy! Hey, Percy! Wach auf!«

Nichts. Brutal trat zu mir und hielt beide Hände vor Percys ausdrucksloses Gesicht.

»Das klappt nicht«, sagte ich.

Brutal ignorierte mich und klatschte zweimal in die Hände, direkt vor Percys Nase. Und das klappte, oder es hatte den Anschein. Seine Augenlider flatterten, und er starrte in die Runde – benommen wie jemand, der einen Schlag auf den Kopf erhalten hat und um das Bewußtsein ringt. Er schaute von Brutal zu mir. Nach all diesen Jahren bin ich immer noch ziemlich überzeugt, daß er keinen von uns wahrnahm, aber damals dachte ich das. Ich dachte, er käme zu sich.

Er stieß sich von den Gitterstäben ab und schwankte ein bißchen. Brutal stützte ihn. »Langsam, Junge, alles in Ordnung?«

Percy gab keine Antwort. Er schob sich an Brutal vorbei und ging zum Wachpult. Er wankte nicht, aber er hatte Schlagseite nach links.

Brutal wollte nach ihm greifen. Ich schob seine Hand beiseite. »Laß ihn in Ruhe.« Hätte ich das auch gesagt, wenn ich gewußt hätte, was als nächstes passieren würde? Diese Frage habe ich mir nach dem Herbst 1932 tausendmal gestellt und nie eine Antwort darauf gefunden.

Percy legte zwölf oder vierzehn Schritte zurück. Dann blieb er mit gesenktem Kopf stehen. Er war jetzt auf der Höhe von Wild Bill Whartons Zelle. Wharton stieß immer noch diese Sousaphon-Geräusche aus. Er verpennte die ganze Sache. Er verschlief seinen eigenen Tod, wenn ich es jetzt bedenke, womit er mehr Glück hatte als die meisten der Männer, die hier endeten. Gewiß hatte er mehr Glück, als er verdiente.

Bevor wir wußten, was geschah, zog Percy seine Waffe, trat an die Gitterstäbe von Whartons Zelle und leerte die ganze Trommel in den schlafenden Mann. Alle sechs Kugeln. Peng-peng-peng, peng-peng-peng, so schnell er abdrücken konnte. Das Krachen war in dem geschlossenen Raum ohrenbetäubend; als ich Janice die Geschichte am nächsten Morgen erzählte, konnte ich kaum meine Stimme hören, denn es klingelte immer noch in meinen Ohren.

Wir rannten zu ihm, alle vier. Dean war als erster bei ihm – ich weiß nicht, wie er das schaffte, denn er war hinter Brutal und mir gewesen, als Coffey sich Percy geschnappt hatte – aber er schaffte es. Er packte Percys Handgelenk und wollte ihm die Waffe aus der Hand winden, aber das war nicht nötig. Percy ließ sie einfach los, und sie polterte auf den Boden. Seine Augen blickten uns an, als wären sie Schlittschuhe und wir das Eis. Es gab einen leise zischenden Laut, und es roch scharf nach Ammoniak, als sich Percys Blase entleerte, und dann einen intensiveren Gestank, als er die andere Seite seiner Hose ebenfalls füllte. Sein Blick heftete sich auf eine ferne Ecke des Korridors. Es waren Augen, die nie mehr etwas in unserer realen Welt sahen, soweit ich weiß. Damals beim Beginn der Geschichte schrieb ich, daß Percy zu der Zeit, als Brutal die bunten Splitter von Mr. Jingles´ Holzspule fand, in Briar Ridge war, und das war nicht gelogen. Er bekam jedoch nie das Büro mit dem Ventilator in der Ecke; er bekam auch nie geisteskranke Patienten, die er schikanieren konnte. Aber ich kann mir vorstellen, daß er wenigstens eine Einzelzelle bekam. Er hatte schließlich Beziehungen.

Wharton lag auf der Seite mit dem Rücken zur Zellenwand. Ich konnte kaum was sehen außer viel Blut, das den Bezug der Pritsche tränkte und auf den Zementboden tropfte, aber der Leichenbeschauer sagte, Percy hätte geschossen wie Annie Oakley. Als ich mir Deans Erzählung in Erinnerung rief, wie Percy seinen Schlagstock auf die Maus geworfen und sie nur knapp verfehlt hatte, war ich nicht sehr überrascht. Diesmal war die Distanz kürzer gewesen, und das Ziel hatte sich nicht bewegt. Eine Kugel in den Unterleib, eine in den Bauch, eine in die Brust und drei in den Kopf.

Brutal hustete und wedelte den Pulverrauch beiseite. Ich hustete ebenfalls, hatte es jedoch bisher nicht bemerkt.

»Das war´s dann«, sagte Brutal. Seine Stimme klang ruhig, aber der Ausdruck von Panik in seinen Augen war nicht zu übersehen.

Ich schaute über den Gang und sah John Coffey am Ende seiner Pritsche hocken. Er hatte wieder die Hände zwischen den Knien verschränkt, doch der Kopf war erhoben, und er wirkte kein bißchen krank. Er nickte mir leicht zu, und ich überraschte mich selbst – wie an dem Tag, an dem ich ihm die Hand gereicht hatte –, indem ich das Nicken erwiderte.

»Was machen wir nun?« bibberte Harry. »O Gott, Paul, was machen wir?«

»Wir können nichts machen«, sagte Brutal ruhig. »Wir sind dran. Oder, Paul?«

Meine Gedanken arbeiteten sehr schnell. Ich schaute zu Harry und Dean, die mich wie verängstigte Kinder anstarrten. Ich blickte zu Percy, der mit herabhängenden Armen und gesenktem Kopf dastand. Dann sah ich meinen alten Freund Brutus Howell an.

»Uns wird nichts passieren«, sagte ich.

Percy fing doch noch zu husten an. Er krümmte sich, stützte die Hände auf die Knie und übergab sich fast. Sein Gesicht lief rot an. Ich öffnete den Mund, wollte den anderen sagen, daß sie zurücktreten sollten, doch ich bekam nie eine Chance. Percy stieß einen Laut aus, der eine Mischung zwischen einem Rülpsen und dem Quaken eines Ochsenfrosches war, öffnete den Mund und spuckte eine Wolke von schwarzem, wirbelndem Zeug aus. Die Wolke war so dicht, daß wir für einen Moment seinen Kopf nicht sehen konnten. Harry sagte mit schwacher, zittriger Stimme: »Gott schütze uns.« Dann wurde die schwarze Wolke so blendend hell wie frischer Schnee in der Januarsonne. Einen Augenblick später war die Wolke verschwunden. Percy richtete sich langsam auf und starrte mit leerem Blick über die Green Mile.

»Wir haben das nicht gesehen«, sagte Brutal. »Nicht wahr, Paul?«

»Nein. Ich habe es nicht gesehen, und du hast es nicht gesehen. Hast du es gesehen, Harry?«

»Nein«, sagte Harry.

»Dean?«

»Was gesehen?« Dean nahm seine Brille ab und begann die Gläser zu polieren. Ich dachte, er würde sie aus den zitternden Händen fallen lassen, aber er hielt sie fest.

»›Was gesehen?‹ Das ist gut. Das ist die Karte, auf die wir setzen. Hört jetzt dem Führer eurer Pfadfindergruppe zu, Jungs, und merkt es euch gleich beim ersten Mal, denn die Zeit ist knapp. Es ist eine einfache Geschichte. Laßt sie uns nicht komplizieren.«

3

Ich erzählte all dies Janice gegen elf Uhr an diesem Morgen – *am nächsten Morgen,* hätte ich fast geschrieben, aber es war natürlich am selben Tag. Zweifellos der längste Tag in meinem ganzen

Leben. Ich erzählte es im großen und ganzen, wie ich es hier berichtet habe, und endete damit, wie William Wharton tot auf seiner Pritsche lag, durchlöchert mit Blei aus Percys Revolver.

Nein, das stimmt nicht. Ich endete tatsächlich mit dem Zeug, das aus Percy herauskam, die Insekten oder was auch immer es war. Das war schwer zu erzählen, selbst bei der Ehefrau, aber ich berichtete es.

Während ich erzählte, brachte sie mir Kaffee in halbgefüllten Tassen – meine Hände zitterten zuerst so stark, daß ich keine ganz gefüllte Tasse hätte halten können, ohne was zu verschütten. Als ich die Geschichte zu Ende gebracht hatte, hatte das Zittern etwas nachgelassen, und ich hatte das Gefühl, daß ich sogar etwas zu mir nehmen konnte – vielleicht ein Ei oder eine Suppe.

»Uns rettete, daß wir nicht zu lügen brauchten, keiner von uns.«

»Laßt einfach ein paar Dinge aus«, sagte Janice und nickte. »Hauptsächlich Kleinigkeiten, zum Beispiel, daß ihr einen verurteilten Mörder aus dem Gefängnis geholt habt und wie er eine sterbende Frau geheilt hat und wie er diesen Percy Wetmore wahnsinnig machte, indem er ihm – was? – einen pürierten Gehirntumor einblies?«

»Ich weiß es nicht, Jan«, sagte ich. »Ich weiß nur, wenn du weiterhin so redest, wirst du diese Suppe entweder allein essen oder an den Hund verfüttern müssen.«

»Es tut mir leid. Aber ich habe recht, nicht wahr?«

»Ja«, sagte ich. »Abgesehen davon, daß wir

nicht erwischt wurden, als wir ...« – Was war es? Man konnte es nicht Gefangenenbefreiung nennen, und Urlaub vom Knast war es auch nicht – »... diesen Ausflug aufs Land machten. Nicht einmal Percy kann davon erzählen, wenn er jemals zurückkommt.«

»Wenn er zurückkommt«, echote sie. »Wie wahrscheinlich ist das?«

Ich schüttelte den Kopf, um anzuzeigen, daß ich keine Ahnung hatte. Aber natürlich hatte ich eine Ahnung. Ich bezweifelte, daß er zurückkehrte, weder 1932 noch ´42 oder ´52. In diesem Punkt hatte ich recht. Percy Wetmore blieb in Briar Ridge, bis die Anstalt 1944 niederbrannte. Siebzehn Insassen kamen bei diesem Brand ums Leben, aber Percy war nicht darunter. Immer noch stumm und leer in jeder Hinsicht – das Wort, das ich über diesen Zustand erfuhr, heißt *katatonisch* –, wurde er von einem der Wärter hinausgeführt, lange bevor das Feuer auf den Flügel übergriff, in dem er untergebracht war. Er kam dann in eine andere Anstalt – ich erinnere mich nicht an den Namen, und ich nehme an, er spielt ohnehin keine Rolle – und starb 1965. Soweit ich weiß, sprach er das letzte Mal, als er uns sagte, wir könnten die Stechuhr für ihn drücken ... es sei denn, wir wollten erklären, warum er den Dienst früher beendet hatte.

Die Ironie war, daß wir nie viel erklären mußten. Percy hatte den Verstand verloren und William Wharton erschossen. Das sagten wir aus, und jedes Wort davon stimmte. Als Anderson, der stellvertretende Direktor, Brutal fragte, wie

Percy vor der Tat gewirkt hatte, antwortete Brutal mit einem Wort – »ruhig« –, und ich durchlitt einen schrecklichen Moment, als ich das Gefühl hatte, in Gelächter auszubrechen. Weil das ebenfalls stimmte: Percy *war* ruhig gewesen, denn die meiste Zeit seiner Schicht war sein Mund mit Isolierband verklebt gewesen, und er hatte nicht viel mehr als *mmmph, mmmph, mmmph* herausgebracht.

Anderson hielt Percy bis acht Uhr da, und Percy war so stumm wie die Indianerstatue eines Zigarrenanzünders in einem Tabakladen, aber viel unheimlicher. Dann traf Hal Moores ein, grimmig, aber bereit, wieder in den Sattel zu steigen. Curtis Anderson ließ ihn genau das tun, und zwar mit einem Seufzer der Erleichterung, den wir fast hören konnten. Den verzweifelten, angsterfüllten alten Mann gab es nicht mehr; Hal Moores war wieder der entschlossene, energiegeladene Gefängnisdirektor, der zu Percy schritt, ihn mit den großen Händen an den Schultern packte und hart durchrüttelte.

»Sohn!« schrie er in Percys ausdrucksloses Gesicht – ein Gesicht, das bereits weich wurde wie Wachs, dachte ich –, »*Sohn!* Hörst du mich? Sag es mir, wenn du mich hörst! Ich will wissen, was passiert ist!«

Von Percy kam natürlich nichts. Anderson wollte den Direktor zur Seite ziehen und mit ihm besprechen, wie der Fall gehandhabt werden sollte – es war eine politisch heiße Kartoffel, wenn es jemals eine gegeben hat –, aber Moores schüttelte ihn ab, wenigstens fürs erste, und zog mich über die Green Mile mit. John Coffey lag mit dem Gesicht zur Wand auf der Pritsche, und seine Beine baumelten wie stets über der Pritschenkante. Er wirkte schlafend und schlief vermutlich auch ... aber bei ihm stimmte der Anschein nicht immer, wie wir festgestellt hatten.

»Hat das, was in meinem Haus geschehen ist, irgend etwas mit den Ereignissen hier zu tun, als ihr zurückgekehrt seid?« fragte Moores leise. »Ich decke Sie, so gut ich kann, Paul, selbst wenn es mich den Posten kostet, aber ich muß es wissen.«

Ich schüttelte den Kopf. Auch ich sprach leise – es waren fast ein Dutzend Wärter am Ende des Korridors. Jemand fotografierte Wharton in seiner Zelle. Curtis Anderson hatte sich umgewandt und schaute zu, und im Augenblick beobachtete uns nur Brutal. »Nein, Sir. Wir brachten John zurück in die Zelle, und er lag da, wie Sie ihn jetzt sehen, und ließen Percy aus der Gummizelle heraus, in der wir ihn sicher verwahrt hatten. Ich dachte, er würde vor Zorn kochen, aber das war nicht der Fall. Er fragte nur nach seiner Waffe und dem Schlagstock. Wortlos ging er dann über den Gang. Als er bei Whartons Zelle war, zog er die Waffe und ballerte los.«

»Meinen Sie, daß der Aufenthalt in der Gummizelle ... Einfluß auf seinen Verstand hatte?«

»Nein, Sir.«

»Haben Sie ihn in eine Zwangsjacke gesteckt?«

»Nein, Sir. Das war nicht nötig.«

»Er war ruhig? Hat keine Gegenwehr geleistet?«

»Keine Gegenwehr.«

»Sogar als ihm bewußt wurde, daß ihr ihn in die Gummizelle sperren wolltet, war er ruhig und wehrte sich nicht?«

»So ist es.« Ich verspürte den Drang, das auszuschmücken – Percy wenigstens ein paar Worte zuzubilligen – und bezwang ihn. Je einfacher, desto besser, und das wußte ich. »Es gab kein Theater.

Er ging einfach in eine der hinteren Ecken und setzte sich.«

»Sprach er über Wharton?«

»Nein, Sir.«

»Auch nicht über Coffey?«

»Auch nicht über Coffey.«

»Hatte Percy etwas gegen Wharton? Hat er den Mann gehaßt?«

»Das kann sein«, sagte ich und senkte die Stimme noch mehr. »Percy war unvorsichtig, Hal. Einmal packte ihn Wharton, zog ihn an die Gitterstäbe und setzte ihm ziemlich zu.«

»Nichts Schlimmeres? Er ›setzte ihm nur zu‹ . . . und das war alles?«

»Ja, aber es war trotzdem ziemlich schlimm für Percy. Wharton sagte, daß er lieber Percy als dessen Schwester vögeln würde.«

»Hm.« Moores blickte zu John Coffey, als brauchte er eine ständige Bestätigung, daß Coffey eine reale Person war, tatsächlich auf der Welt. »Das erklärt nicht, was mit ihm passierte, aber es kommt einer Erklärung nahe, warum Percy sich Wharton vornahm und nicht Coffey oder einen von Ihren Männern. Und da wir gerade von Ihren Männern sprechen, Paul, werden sie alle die gleiche Geschichte erzählen?«

»Jawohl, Sir«, sagte ich.

»Und das werden sie«, sagte ich zu Jan und löffelte die Suppe, die sie zum Tisch gebracht hatte. »Dafür werde ich sorgen.«

»Du hast gelogen, wenn auch nur ein bißchen«, sagte Janice. »Du hast Hal belogen.«

Nun, das ist eine Frau, was? Immer sucht sie nach Mottenlöchern in meinem besten Anzug und wird oftmals fündig.

»Nun, wenn du es so sehen willst. Aber ich habe ihm nichts gesagt, mit dem wir nicht leben können. Hal ist aus dem Schneider. Er war schließlich überhaupt nicht da. Er war daheim und pflegte seine Frau, bis Curtis ihn anrief.«

»Sagte er, wie es Melinda geht?«

»Nicht bei diesem Gespräch, dazu war keine Zeit, aber er sprach wieder mit mir, als Brutal und ich gingen. Melly erinnert sich nicht an viel, aber es geht ihr prima. Sie ist wohlauf und geht herum. Redet von den Blumenbeeten des nächsten Jahres.«

Meine Frau schaute mir eine Weile beim Essen zu.

Dann fragte sie: »Weiß Hal, daß es ein Wunder ist, Paul? Versteht er das?«

»Ja. Wir alle, die dabei waren, verstehen das.«

»Ein Teil von mir wünscht, ich wäre ebenfalls dabeigewesen«, sagte Janice, »aber ich glaube, in Wirklichkeit bin ich froh, daß ich nicht dabeiwar. Wenn ich gesehen hätte, wie es Saulus auf der Straße nach Damaskus wie Schuppen von den

Augen fiel, wäre ich vermutlich an einem Herzanfall gestorben.«

»Nie«, sagte ich und neigte meinen Suppenteller, um den letzten Löffel voll zu ergattern, »du hättest ihm vermutlich eine Suppe gekocht. Die ist wirklich hervorragend, Schatz.«

»Gut.« Aber sie dachte nicht wirklich an Suppe oder ans Kochen oder an Saulus´ Bekehrung auf der Straße nach Damaskus. Sie schaute aus dem Fenster zu den Hügeln, stützte das Kinn in die Hand, und ihr Blick war verhangen wie unsere Hügel an einem Sommermorgen, wenn es heiß wird. Wie an jenem Sommermorgen, an dem die Detterick-Mädchen gefunden wurden, dachte ich. Ich fragte mich, warum sie nicht geschrien hatten. Ihr Mörder hatte sie verletzt; es war Blut auf der Veranda und auf der Treppe gewesen. Warum hatten sie nicht geschrien?

»Du denkst, in Wirklichkeit hat John Coffey diesen Wharton umgebracht, nicht wahr?« fragte Janice und wandte endlich den Blick vom Fenster. »Daß es kein Unfall oder so was war; du glaubst, er benutzte Percy Wetmore als Waffe gegen Wharton?«

»Ja.«

»Warum?«

»Ich weiß es nicht.«

»Erzähl mir noch einmal, was geschah, als du Coffey von der Meile fortgebracht hast, ja? Nur diesen Teil, als ihr zu den Moores gefahren seid.«

Und das tat ich. Ich erzählte ihr, daß mich der dünne Arm, der zwischen den Gitterstäben hervorgeschossen war und John am Bizeps gepackt hatte, an eine Schlange erinnert hatte – an eine der Mokassinschlangen, vor denen wir alle Angst gehabt hatten, als wir als Kinder im Fluß geschwommen hatten – und daß Coffey Wharton als bösen Mann bezeichnet hatte. Das hatte er fast geflüstert.

»Und Wharton sagte . . .?«

Meine Frau blickte wieder aus dem Fenster, aber sie hörte zu.

»Wharton sagte: ›Stimmt, Nigger, so böse du dir nur denken kannst‹.«

»Und das war alles?«

»Ja. Ich hatte in diesem Augenblick das Gefühl, daß etwas passieren würde, aber nichts geschah. Brutal zog Whartons Hand von John fort und befahl ihm, sich auf die Pritsche zu legen, und Wharton tat es. Er sagte, daß Nigger ihren eigenen elektrischen Stuhl haben sollten, und das war alles. Wir machten mit der Arbeit weiter.«

»John Coffey nannte ihn einen bösen Mann.«

»Ja. Das gleiche sagte er auch einmal über Percy. Ich kann mich nicht genau erinnern, wann, aber ich weiß, daß er das sagte.«

»Aber Wharton hat John Coffey nie etwas persönlich getan, oder? Er hat ihn nie angegriffen wie Percy, meine ich.«

»Stimmt. Ihre Zellen lagen weit auseinander – Whartons Zelle auf Höhe des Wachpults, Johns Zelle ein Stück weiter auf der anderen Seite –, und sie konnten sich kaum sehen.«

»Erzähl mir noch einmal, wie Coffey aussah, als Wharton ihn schnappte.«

»Janice, das führt uns zu nichts.«

»Vielleicht nicht, vielleicht doch. Erzähl mir, wie er aussah.«

Ich seufzte. »Man könnte sagen schockiert. Er schnappte nach Luft. Wie du es tun würdest, wenn du dich am Strand sonnst, und ich schleiche mich heran und tröpfel dir kaltes Wasser auf den Rücken. Oder als ob er geschlagen worden wäre.«

»Ja, sicher«, sagte Janice. »Er erschrak, als er wie aus dem Nichts gepackt wurde.«

»Ja«, sagte ich. Und dann: »Nein.«

»Was denn nun? Ja oder nein?«

»Nein. Es war kein Erschrecken. Es war wie zu dem Zeitpunkt, als er wollte, daß ich in seine Zelle komme, damit er meine Blaseninfektion heilen konnte. Oder als er mir die Maus reichen wollte. Es war Überraschung, aber nicht, weil er berührt wurde ... nicht *genau* jedenfalls ... oh, Jan, ich weiß es nicht.«

»In Ordnung, belassen wir es dabei«, sagte sie. »Ich kann mir einfach nicht vorstellen, warum er es tat, das ist alles. Er ist offenbar nicht gewalttätig von Natur aus. Was zu einer anderen Frage führt, Paul: Wie kannst du ihn hinrichten, wenn du mit diesen Mädchen recht hast? Wie kannst du ihn auf den elektrischen Stuhl setzen, wenn ein anderer ...«

Ich ruckte auf meinem Stuhl hoch. Mein Ellenbogen stieß gegen den Suppenteller und warf ihn zu Boden, wo er zerbrach. Mir war eine Idee gekommen. Es war zu diesem Zeitpunkt mehr Intuition als Logik, aber die Idee hatte einen gewissen Reiz.

»Paul?« fragte Janice bestürzt. »Was ist los?«

»Ich weiß es nicht«, sagte ich. »Ich weiß nichts mit Sicherheit, aber ich werde es herausfinden, wenn ich kann.«

4

Die Nachwirkung der Schießerei war wie ein Zirkus aus drei Manegen; in einer Manege der Gouverneur, in einer das Gefängnis und in der dritten der arme durchgeknallte Percy Wetmore. Und der Zirkusdirektor? Nun, die verschiedenen Gentlemen der Presse lösten sich bei diesem Job ab. Sie waren nicht so schlimm, wie sie das jetzt sind – sie *erlaubten* sich nicht, so schlimm zu sein –, aber selbst damals, vor Geraldo und Mike Wallace und den übrigen, konnten sie ziemlich wild loslegen, wenn sie wirklich mal zugeschnappt und den Bissen zwischen den Zähnen hatten. Das war diesmal der Fall, und solange die Show lief, machten sie eine gute Show daraus.

Aber selbst der aufregendste Zirkus mit dem gruseligsten Monstrositätenkabinett, den lustigsten Clowns und den wildesten Tieren muß schließlich die Stadt verlassen. Unser Zirkus war nach dem Untersuchungsausschuß beendet, der nach etwas Besonderem und Beängstigendem klingt, sich jedoch als ziemlich zahm und oberflächlich erwies. Unter anderen Umständen hätte der Gouverneur zweifellos den Kopf von jemandem auf dem Silbertablett haben wollen, aber diesmal nicht. Sein angeheirateter Neffe – der Blutsverwandte seiner Frau – war irre geworden und hatte einen Mann umgelegt. Hatte einen Killer gekillt, wenigstens dafür sei Gott Dank, aber trotzdem blieb die Tatsache, daß Percy den Mann getötet hatte, der schlafend in seiner Zelle gelegen hatte, und das war nicht ganz fair. Wenn man bedachte, daß Percy Wetmore total übergeschnappt blieb, konnte man verstehen, warum der Gouverneur den Zirkus aus der Stadt haben wollte, und zwar so schnell wie möglich.

Unser Ausflug in Harry Terwilligers Truck zu Direktor Moores´ Haus kam nie heraus. Daß wir Percy in die Zwangsjacke gesteckt und während unserer Abwesenheit in die Gummizelle eingesperrt hatten, wurde nie aufgedeckt. Die Tatsache, daß William Wharton bis zu den Kiemen voller Betäubungsmittel war, als er von Percy erschossen wurde, kam ebenfalls niemals heraus. Warum auch? Die Behörden hatten keinen Grund zu der Annahme, daß in Whartons Körper irgend etwas außer einem halben Dutzend Kugeln war. Der Coroner entfernte das Blei, der Leichenbestatter legte ihn in eine Kiefernkiste, und das war das Ende des Mannes mit der Tätowierung *Billy the Kid* auf dem linken Unterarm. Sozusagen gute Entsorgung von schlechtem Abfall.

Alles in allem währte die Aufregung ungefähr zwei Wochen. Während dieser Zeit wagte ich nicht, seitwärts zu furzen, geschweige denn, mir einen Tag frei zu nehmen, um Ermittlungen über die Idee anzustellen, die mir am Morgen nach

Percys Ausrasten zu Hause am Küchentisch gekommen war. Ich wußte mit Sicherheit, daß der Zirkus die Stadt verlassen hatte, als ich an einem Tag im November zur Arbeit eintraf – es war der zwölfte, glaube ich, aber nageln Sie mich nicht fest. Das war der Tag, an dem ich das Papier, vor dem ich mich so gefürchtet hatte, auf meinem Schreibtisch fand – den Hinrichtungsbefehl für John Coffey. Curtis Anderson hatte ihn anstelle von Hal Moores unterzeichnet, aber er war natürlich ebenso legal und hatte durch Hals Hände gehen müssen, um zu mir zu gelangen. Ich konnte mir vorstellen, wie Hal an seinem Schreibtisch in der Verwaltung saß, den Hinrichtungsbefehl in der Hand hielt und an seine Frau dachte, die für die Ärzte im Indianola General Hospital so etwas wie ein Neun-Tage-Wunder geworden war. Diese Ärzte hatten ihr sozusagen ihren eigenen Hinrichtungsbefehl ausgehändigt, aber John Coffey hatte ihn zerrissen. Jetzt aber war Coffey an der Reihe, über die Green Mile zu gehen, und wer von uns konnte es verhindern? Wer von uns *würde* es verhindern?

Das Datum auf dem Hinrichtungsbefehl war der 20. November. Drei Tage nach dem Erhalt – am fünfzehnten, nehme ich an – ließ ich mich von Janice telefonisch krankmelden. Eine Tasse Kaffee später fuhr ich mit meinem schlecht anspringenden, sonst aber zuverlässigen Ford nach Norden. Janice hatte mich mit einem Kuß auf den Weg geschickt und mir viel Glück gewünscht; ich hatte mich bedankt, aber keine klare Vorstellung mehr gehabt, was viel Glück sein würde – ob ich fand, was ich suchte, oder ob ich es nicht fand. Ich wußte nur mit Sicherheit, daß mir während der Fahrt nicht nach Singen zumute war. Nicht an diesem Tag.

Gegen drei Uhr am Nachmittag war ich ziemlich weit oben im Hügelland. Ich traf beim Gericht des Purdom County ein, kurz bevor das Gebäude geschlossen wurde, schaute mir einige Akten an und erhielt einen Besuch vom Sheriff, der informiert worden war, daß ein Fremder die einheimischen Skelette beschnüffelte. Sheriff Catlett wollte wissen, was ich trieb. Ich sagte es ihm. Catlett dachte darüber nach und erzählte mir dann etwas Interessantes. Er erklärte, er würde leugnen, auch nur ein Wort gesagt zu haben, wenn ich es verbreiten würde, und es war ohnehin nicht schlüssig, aber es war immerhin etwas. Ich dachte auf dem ganzen Heimweg darüber nach und auch die meiste Zeit der Nacht. In dieser Nacht gab es auf meiner Seite des Bettes eine Menge Gedanken und ziemlich wenig Schlaf, das kann ich Ihnen sagen.

Am nächsten Tag stand ich auf, als die Sonne erst ein Gerücht im Osten war, und fuhr hinab ins Trapingus County. Ich ging Homer Cribus, diesem großen Sack aus Bauch und Wasser, aus dem Weg und sprach statt dessen mit Deputy Sheriff Rob McGee. McGee wollte nicht hören, was ich ihm sagte. Er sträubte sich äußerst heftig dagegen. An einer Stelle war ich ziemlich überzeugt, daß er mir den Mund polieren würde, damit er es nicht hören mußte, aber am Ende stimmte er zu, hinauszufahren und Klaus Detterick ein paar Fragen zu stellen. Ich nehme an, das tat er hauptsächlich, damit er sicher sein konnte, daß nicht ich die Fragen stellte. »Er ist erst neununddreißig, aber er sieht jetzt wie ein alter Mann aus«, sagte McGee, »und er braucht sich von keinem klugscheißerischen Gefängnisaufseher, der sich für einen Detektiv hält, aufregen zu lassen, jetzt, da sich sein Kummer gerade ein wenig gelegt hat. Sie bleiben hier in der Stadt. Ich will Sie nicht in Rufweite der Detterick-Farm haben, aber ich will Sie finden können, wenn ich mit Klaus geredet habe. Wenn Sie sich langweilen, können Sie dort unten in der Imbißstube ein Stück Kuchen essen, das wird Sie beruhigen.« Ich aß zwei Stücke Kuchen, und er machte mich tatsächlich träge.

Als McGee in die Imbißstube kam und sich neben mich an die Theke setzte, versuchte ich in seinem Gesicht zu lesen, doch es gelang mir nicht. »Nun?« fragte ich.

»Kommen Sie mit mir nach Hause, wir reden dort«, sagte er. »Hier ist es für meinen Geschmack zu öffentlich.«

Wir führten unser Gespräch auf Rob McGees Veranda. Wir waren beide warm angezogen und froren trotzdem, doch Mrs. McGee duldete nicht, daß in ihrem Haus geraucht wurde. Sie war eine Frau, die ihrer Zeit voraus war. McGee sprach eine Weile. Er tat es wie ein Mann, den es kein bißchen erfreute, was er aus seinem eigenen Mund hörte.

»Es beweist nichts, das ist Ihnen klar, nicht wahr?« fragte er, als er fertig war. Sein Tonfall war streitlustig, und er stieß seine selbstgedrehte Zigarette aggressiv in meine Richtung, während er sprach, aber sein Gesicht wirkte wie das eines Kranken. Nicht alles ist ein Beweis, was man in einem Gerichtssaal sieht und hört, das wußten wir beide. Ich kann mir vorstellen, daß Deputy McGee zum einzigen Mal in seinem Leben wünschte, so blöde wie sein Boß zu sein.

»Ich weiß«, sagte ich.

»Und wenn Sie denken, Sie bekommen auf Grund dieser einen Sache einen neuen Prozeß für ihn, dann sollten Sie besser nochmal darüber nachdenken, Señor. John Coffey ist ein Neger, und im Trapingus County sind wir nicht scharf darauf, Negern neue Prozesse zu geben.«

»Das weiß ich auch.«

»Was werden Sie also machen?«

Ich schnippte meine Zigarettenkippe über das Verandageländer auf die Straße. Es würde eine lange, kalte Heimfahrt werden, und je früher ich losfuhr, desto eher würde der Ausflug zu Ende sein. »Ich wünsche, ich wüßte das, Deputy McGee«, sagte ich, »aber ich habe keine Ahnung. Ich weiß heute abend nur, daß es ein Fehler war, dieses zweite Stück Kuchen zu essen.«

»Ich will Ihnen was sagen, Sie Schlauberger«, sagte McGee und sprach immer noch in aggressivem Tonfall. »Sie hätten die Büchse der Pandora gar nicht erst öffnen sollen.«

»Ich war es nicht, der sie geöffnet hat«, erwiderte ich, und dann fuhr ich heim.

Ich traf spät zu Hause ein – nach Mitternacht –, aber meine Frau wartete auf mich. Ich hatte damit gerechnet; dennoch tat es meinem Herzen gut, sie zu sehen, sie in die Arme zu nehmen und fest an mich zu drücken. »Hallo, Fremder«, sagt sie, und dann berührte sie mich unten. »Wieder alles in Ordnung mit diesem Burschen, nicht wahr? So gesund, wie er nur sein kann.«

»Jawohl, Ma´am«, sagte ich und hob sie auf meine Arme. Ich brachte sie ins Schlafzimmer, und wir hatten Sex so süß wie Zucker oder wie Honig aus der Wabe, und als ich zum Höhepunkt kam, zu diesem köstlichen Gefühl, sich gehenzulassen, dachte ich an John Coffeys scheinbar endlos weinende Augen. Und an Melindas Worte – *Ich habe geträumt, du bist in der Dunkelheit gewandert, und ich auch.*

Ich lag immer noch auf meiner Frau, ihre Arme um meinen Nacken geschlungen, unsere Schenkel dicht zusammengepreßt, und ich begann zu weinen.

»Paul«, sagte sie schockiert und besorgt. Ich bezweifle, daß sie mich mehr als zwei- oder dreimal in unserer ganzen Ehe weinen gesehen hatte. Ich war beim normalen Verlauf der Dinge nie weinerlich gewesen. »Paul, was ist los?«

»Ich weiß alles, was ich wissen muß«, sagte ich unter Tränen. »Ich weiß zu gottverdammt viel, wenn du die Wahrheit hören willst. Ich soll John Coffey in weniger als einer Woche auf dem elektrischen Stuhl hinrichten, aber es war William Wharton, der die Detterick-Mädchen ermordete. Es war Wild Bill.«

5

Am nächsten Tag saß dieselbe Gruppe von Wärtern, die nach der verpfuschten Hinrichtung von Delacroix in meiner Küche zu Mittag gegessen hatte, wieder beim Mittagessen zusammen. Diesmal war eine fünfte Person bei unserer Ratsversammlung: meine Frau. Es war Jan, die mich überredet hatte, es den anderen zu erzählen. Mein erster Impuls war gewesen, das nicht zu tun. War es nicht schon schlimm genug, daß *wir* es wußten?

»Du denkst nicht klar genug darüber«, hatte sie geantwortet. »Vermutlich, weil du noch aufgeregt bist. Sie wissen bereits das Schlimmste, daß John wegen eines Verbrechens hingerichtet werden soll, das er nicht begangen hat. Dies macht es wenigstens ein bißchen besser.«

Ich war mir da nicht so sicher, aber ich fügte mich ihrem Urteilsvermögen.

Ich rechnete mit einem Aufruhr, als ich Brutal, Dean und Harry erzählte, was ich wußte (ich konnte es nicht beweisen, aber ich wußte es), doch zuerst herrschte nur nachdenkliches Schweigen. Dann nahm Dean noch einen von Janices Biskuits, bestrich ihn mit ungeheuerlich viel Butter und sagte: »Meinst du, daß John ihn gesehen hat? Hat er die Ermordung der Mädchen oder vielleicht sogar die Vergewaltigung gesehen?«

»Ich glaube, wenn er das gesehen hätte, dann hätte er versucht, es zu verhindern«, sagte ich.

»Aber er kann Wharton gesehen haben, vielleicht als er davonrannte. Wenn er ihn gesehen hat, dann hat er das später vergessen.«

»Klar«, sagte Dean. »Er ist was Besonderes, aber das macht ihn nicht gescheit. Er fand heraus, daß es Wharton gewesen war, als Wharton durch die Gitterstäbe der Zelle griff und ihn berührte.«

Brutal nickte. »Deshalb wirkte John so überrascht ... so schockiert. Erinnert ihr euch, wie sich seine Augen weiteten?«

Ich nickte. »Er benutzte Percy wie eine Waffe gegen Wharton, hat Janice gesagt, und darüber habe ich nachgedacht. Warum würde John Coffey Wild Bill töten wollen? Percy vielleicht – Percy stampfte direkt vor Coffeys Zelle auf Delacroix´ Maus, Percy verbrannte Delacroix bei lebendigem Leib, und John wußte es – aber Wharton? Wharton legte sich mit den meisten von uns auf die eine oder andere Weise an, aber er legte sich überhaupt nicht mit John an, soweit ich weiß, redete er kaum vier Dutzend Worte mit ihm während der ganzen Zeit, in der sie gemeinsam auf der Meile waren, und die Hälfte davon in dieser letzten Nacht. Warum würde er Whartons Tod wünschen? Er war aus dem Purdom County, und außer Weißen sieht man dort nur einen Neger, wenn er einem zufällig über den Weg läuft. Also, warum tat Coffey das? Was kann er gesehen oder empfunden haben, als Wharton ihn berührte, was so schlimm war, daß er das Gift, das er aus Mellys Körper gesogen hatte, aufsparte?«

»Wobei er selbst beinahe draufgegangen wäre«, warf Brutal ein.

»Genau das. Und die Ermordung der Detterick-Zwillinge war alles, was ich mir als schlimm genug denken konnte, um Coffeys Tat zu erklären. Ich sagte mir selbst, daß die Idee verrückt ist, ein zu großer Zufall, daß es einfach nicht sein konnte. Dann fiel mir etwas ein, das Curtis Anderson in der ersten Aktennotiz geschrieben hatte, die ich über Wharton erhalten hatte – daß Wharton verrückt und wild ist und vor dem Überfall, bei dem er all diese Leute tötete, durch den ganzen Staat streifte. *Er streifte durch den ganzen Staat*. Das blieb bei mir haften. Dann die Art, wie er bei seiner Ankunft versuchte, Dean zu erwürgen. Das brachte mich auf den Gedanken . . .«

»Der Hund«, sagt Dean. Er rieb sich über den Hals, um den Wharton die Kette geschlungen hatte. Ich bezweifle, daß ihm die Geste bewußt war. »Wie das Genick des Hundes gebrochen war.«

»Jedenfalls fuhr ich ins Purdom County, um Whartons Gerichtsakten zu überprüfen – wir hatten hier nur die Berichte über die Morde, die ihn zur Green Mile brachten. Sozusagen über das Ende seiner Karriere. Ich wollte den Anfang wissen.«

»Da war viel?« fragte Brutal.

»Ja. Vandalismus, Diebstahl, Brandstiftung bei Heumieten, sogar Diebstahl von Sprengstoff – er und ein Freund klauten eine Dynamitstange und brachten sie bei einem Bach zur Explosion. Er geriet früh auf die falsche Bahn, als Zehnjähriger, aber was ich wissen wollte, war nicht da. Dann tauchte der Sheriff auf, um festzustellen, wer ich war und was ich wollte, und das erwies sich als Glücksfall. Ich log ihm was vor, erzählte ihm von einer Durchsuchung der Zelle, bei der Fotos unter Whartons Matratze gefunden wurden – Fotos von kleinen nackten Mädchen. Ich sagte, ich wollte überprüfen, ob Wharton eine Vorgeschichte als Pädophiler hatte, weil ich von einer Reihe ungelöster Fälle in Tennessee gehört hätte. Ich vermied es sorgfältig, die Detterick-Zwillinge zu erwähnen. Sie kamen ihm wohl auch nicht in den Sinn.«

»Na klar«, sagte Harry. »Warum hätte er daran denken sollen? Dieser Fall ist schließlich gelöst.«

»Ich sagte, es hätte wohl keinen Sinn, die Sache weiter zu verfolgen, weil nichts in Whartons Akte stand. Ich meine, es stand *viel* in der Akte, aber nichts über solche Dinge. Da lachte der Sheriff – Catlett heißt er – und erklärte, daß nicht alles, was ein fauler Apfel wie Bill Wharton getan hätte, in den Gerichtsakten stünde, und was spielte das ohnehin für eine Rolle? Er war doch tot, oder? Ich sagte, ich wollte nur meine Neugier befriedigen, nichts sonst, und da entspannte er sich. Er brachte mich zurück zu seinem Büro, bot mir Platz an, gab mir eine Tasse Kaffee und Gebäck und erzählte mir, daß vor sechzehn Monaten, als Wharton kaum achtzehn gewesen war, ein Mann im westlichen Teil des Countys ihn in der Scheune mit seiner Tochter erwischt hatte. Es war keine Vergewaltigung; der Mann beschrieb es bei Catlett als ›nicht viel mehr als Fummelei mit dem Stinkefinger.‹ Verzeihung, Schatz.«

»Schon gut«, sagte Janice. Sie sah jedoch blaß aus.

»Wie alt war das Mädchen?« fragte Brutal.

»Neun«, sagte ich. Er zuckte zusammen. »Der Mann hätte sich vielleicht auf die Suche nach Wharton gemacht, wenn er einige große Brüder oder Cousins als Helfer gehabt hätte, aber das war nicht der Fall. So ging er zu Catlett, machte jedoch klar, daß er Wharton nur warnen wollte. Keiner will so eine eklige Sache in der Öffentlichkeit breittreten, wenn es sich vermeiden läßt. Sheriff Catlett hatte sich schon eine Weile mit Whartons Missetaten herumgeschlagen – hatte Wharton mit fünfzehn für acht Monate oder so in eine Besserungsanstalt gebracht –, und er sagte sich, daß es reichte. Er nahm drei Deputys mit, sie gingen zu den Whartons, schoben Mrs. Wharton zur Seite, als sie heulte und jammerte, und dann warnten sie Mr. William ›Billy the Kid‹ Wharton, was mit großen, pickelgesichtigen Bauernlümmeln passiert, die mit kleinen Mädchen auf den Heuboden gehen, die nicht alt genug sind, um etwas von ihrer Periode gehört, geschweige denn sie bekommen zu haben. »Wir haben diesen Scheißer gut gewarnt«, erzählte mir Catlett. »Gewarnt, bis sein Schädel blutete, seine Schulter ausgerenkt war und sein Steißbein fast gebrochen war.«

Brutal lachte unwillkürlich. »Das klingt nach Purdom County«, bemerkte er. »Ob es einem gefällt oder nicht.«

»Ungefähr drei Monate später brach Wharton aus und begann die Serie von Verbrechen, die mit dem Überfall endete«, sagte ich. »Damit und mit den Morden, die ihn zu uns brachten.«

»Er hatte also einmal etwas mit einem minderjährigen Mädchen«, sagte Harry. Er nahm seine Brille ab, hauchte auf die Gläser und polierte sie. »Weit minderjährig. Einmal ist aber noch kein Verhaltensmuster, nicht wahr?«

»Wer so etwas tut, der macht es nicht nur einmal«, sagte meine Frau und preßte die Lippen so fest zusammen, daß sie fast nicht mehr da waren.

Als nächstes erzählte ich von meinem Besuch im Trapingus County. Ich war weitaus offener bei Rob McGee gewesen – ich hatte wirklich keine Wahl gehabt.

Bis heute habe ich keine Ahnung, welche Geschichte er Mr. Detterick erzählte, aber der McGee, der sich in der Imbißstube neben mich setzte, wirkte um sieben Jahre gealtert.

Mitte Mai, ungefähr einen Monat vor dem Überfall und den Morden, die Whartons kurze Karriere als Verbrecher beendeten, hatte Klaus Detterick seine Scheune anstreichen lassen (und zufällig Bowsers Hundehütte daneben). Er hatte nicht gewollt, daß sein Sohn auf einem hohen Gerüst herumkletterte, und der Junge war ohnehin in der Schule gewesen, und so hatte er einen Burschen angeheuert. Ein nett wirkender Kerl. Sehr still. Es war eine Arbeit von drei Tagen gewesen. Nein, der Typ hatte nicht im Haus geschlafen, Detterick war nicht so blöde gewesen, zu glauben, daß nett wirkende und ruhige

Typen immer Sicherheit bedeuteten, besonders nicht in diesen mageren Zeiten, in denen sich soviel Gesindel auf den Straßen herumtrieb. Ein Mann mit Familie mußte vorsichtig sein. Jedenfalls hatte der Mann kein Quartier gebraucht; er hatte Detterick erzählt, daß er sich ein Zimmer in der Stadt bei Eva Price genommen hatte. Es gab eine Lady namens Eva Price in Tefton, und sie vermietete Zimmer, aber sie hatte in diesem Mai keinen Mieter, auf den die Beschreibung von Dettericks Arbeiter paßte, nur die üblichen Mieter mit karierten Anzügen und Derbyhüten, Mieter, die Musterkoffer schleppten – mit anderen Worten Vertreter. McGee konnte mir das sagen, weil er auf dem Rückweg von der Detterick-Farm bei Mrs. Price vorbeifuhr und das überprüfte – das zeigt, wie verunsichert er war.

»Aber es gibt kein Gesetz, das einem verbietet, im Wald zu schlafen, Mr. Edgecombe«, fügte McGee hinzu. »Ich habe das auch schon mal getan.«

Der angeheuerte Mann schlief nicht in Dettericks Haus, aber er aß zweimal mit ihnen zu Abend. Er hat Howie kennengelernt. Er hat die Mädchen, Cora und Kathe, kennengelernt. Er hat ihr Geplapper gehört, und einiges davon drehte sich darum, wie sehr sie sich auf den Sommer freuten, denn wenn sie brav waren und das Wetter gut war, ließ ihre Mama sie manchmal auf der Veranda schlafen, wo sie Pionierfrauen spielen und so tun konnten, als durchquerten sie in Conestoga-Planwagen die Great Plains.

Ich kann ihn dort am Tisch sitzen sehen, wie er

Brathähnchen mit Mrs. Dettericks Roggenbrot aß, zuhörte und seine Wolfsaugen gut verschleierte, nickte, ein wenig lächelte und sich alles genau merkte.

»Das klingt nicht nach dem Wilden, von dessen Ankunft auf der Meile du mir erzählt hast, Paul«, sagte Janice zweifelnd. »Kein bißchen.«

»Sie haben ihn nicht im Krankenhaus in Indianola gesehen, Ma´am«, sagte Harry. »Wie er da mit offenem Mund stand, und sein nackter Hintern aus der Pyjamahose hing. Er ließ sich von uns anziehen. Wir dachten, er ist entweder high oder blöde. Nicht wahr, Dean?«

Dean nickte.

»Am Tag nachdem er die Scheune fertig angestrichen hatte und gegangen war, überfiel ein maskierter Mann das Frachtbüro in Jarvis«, erzählte ich weiter. »Entkam mit siebzig Dollar. Er nahm auch einen Silberdollar aus dem Jahr 1892 mit, den der Mann vom Frachtbüro als Glücksbringer bei sich trug. Dieser Silberdollar befand sich bei Wharton, als er festgenommen wurde, und Jarvis ist nur dreißig Meilen von Tefton entfernt.«

»Du meinst, daß dieser Räuber ... dieser Wilde ... einfach drei Ruhetage eingelegt hat, als er Klaus Detterick beim Anstreichen seiner Scheune half«, sagte meine Frau. »Daß er mit ihnen zu Abend gegessen hatte und wie ein höflicher Mann die Schüssel mit den Erbsen weiterreichte?«

»Das Unheimlichste an Männern wie ihm ist ihre Unberechenbarkeit«, sagte Brutal. »Er hat vielleicht geplant, die Dettericks zu töten und ihr Haus nach Beute zu durchsuchen, und sich dann anders entschieden, weil eine Wolke zum falschen Zeitpunkt die Sonne verdunkelte oder ihm sonst etwas nicht paßte. Vielleicht wollte er sich auch nur ein paar Tage ducken, um nicht aufzufallen. Aber wahrscheinlicher ist, daß er bereits ein Auge auf die beiden Mädchen geworfen hatte und seine Rückkehr plante. Meinst du nicht auch, Paul?«

Ich nickte. Natürlich meinte ich das. »Und dann ist da der Name, den er Detterick nannte.«

»Welchen Namen?« fragte Jan.

»Will Bonney.«

»Bonney? Ich weiß nicht . . .«

»Das war Billy the Kids richtiger Name.«

»Oh.« Dann weiteten sich ihre Augen. »Oh! So kannst du also John Coffey retten! Gott sei Dank. Du brauchst Mr. Detterick nur ein Foto von William Wharton zu zeigen . . . Sein Kopfbild aus dem Verbrecheralbum sollte reichen . . .«

Brutal und ich tauschten unbehaglich einen Blick. Dean wirkte ein bißchen hoffnungsvoll, aber Harry starrte auf seine Hände, als sei er auf einmal brennend an seinen Fingernägeln interessiert.

»Was ist los?« fragte Janice. »Warum blickt ihr so belämmert drein? Gewiß wird dieser McGee . . .«

»Ich halte Rob McGee für einen aufrechten Mann, und ich glaube, er ist ein guter Gesetzeshüter«, unterbrach ich sie, »aber er hat kein Gewicht im Trapingus County. Die Macht dort hat Sheriff Cribus, und an dem Tag, an dem er den Detterick-Fall auf Grund dessen, was ich herausgefunden habe, neu aufrollt, wird es in der Hölle schneien.«

»Aber ... wenn Wharton dort war ... wenn Detterick ihn auf dem Foto identifizieren kann und sie *wissen*, daß er dort war ...«

»Daß er im Mai dort war, heißt nicht, daß er im Juni zurückkehrte und die Mädchen ermordete«, sagte Brutal. Er sprach mit ruhiger, freundlicher Stimme, wie man mit jemandem redet, dem man sagt, daß es einen Todesfall in der Familie gegeben hat. »Einerseits gibt es diesen Typen, der Klaus Detterick geholfen hat, die Scheune anzustreichen, und der dann weggegangen ist. Es stellt sich heraus, daß er in der ganzen Gegend Verbrechen begangen hat, aber in den drei Tagen im Mai, an denen er in der Nähe von Tefton war, liegt nichts gegen ihn vor. Andererseits gibt es diesen großen Schwarzen, diesen *riesigen* Neger, der am Flußufer gefunden wurde und die beiden toten und nackten Mädchen auf den Armen hielt.«

Brutal schüttelte den Kopf.

»Paul hat recht, Jan. McGee mag seine Zweifel haben, aber er zählt nicht. Der einzige, der diesen Fall neu aufrollen kann, ist Cribus, und Cribus will sich nicht verderben, was er für ein Happy-End hält – ›es war ein Nigger‹, denkt er, ›und auf keinen Fall einer von uns‹. Wunderbar. Ich fahre nach Cold Mountain, genehmige mir ein Steak und ein Bier bei Ma´s, schaue zu, wie Coffey brät, und dann hat die Sache ein Ende.«

Janice hörte sich all dies mit zunehmend entsetzter Miene an und wandte sich dann an mich. »Aber McGee glaubt es, nicht wahr, Paul? Das konnte ich dir am Gesicht ansehen. Deputy McGee weiß, daß er den falschen Mann festgenommen hat. Wird er da nicht gegen den Sheriff aufbegehren?«

»Dadurch kann er nur seinen Job verlieren«, sagte ich. »Ja, ich nehme an, daß er im Herzen weiß, daß Wharton der Täter war. Aber er sagt sich, wenn er den Mund hält und mitspielt, bis Cribus entweder in Pension geht oder sich zu Tode frißt, bekommt er den Posten. Und dann ändern sich die Dinge. Ich kann mir vorstellen, daß er sich das sagt, um ruhig zu schlafen. Und er unterscheidet sich in einem Punkt vermutlich nicht so sehr von Homer Cribus. Er wird sich sagen: ›Es ist schließlich nur ein Neger. Es ist ja nicht so, daß sie einen Weißen hinrichten‹.«

»Dann mußt du zu ihnen gehen«, sagte Janice, und ich fröstelte bei dem entschiedenen Tonfall, der keinen Einwand gelten ließ. »Geh und sag ihnen, was du herausgefunden hast.«

»Und was sollen wir ihnen sagen, wie wir es herausgefunden haben, Jan?« fragte Brutal wieder mit dieser sanften Stimme. »Sollen wir ihnen sagen, daß Wharton sich John schnappte, während wir ihn aus dem Gefängnis brachten, damit er ein Wunder an der Frau des Direktors bewirken konnte?«

»Nein ... natürlich nicht, aber ...« Sie sah, auf welch dünnem Eis sie sich bewegte, und suchte ein anderes, das tragen würde. »Dann lügt«, sagte sie. Sie schaute Brutal trotzig an und wandte sich wieder mir zu. Ihr Blick war heiß genug, um ein Loch in eine Zeitung zu brennen.

»Lügen?« fragte ich. »Wobei sollen wir lügen?«

»Bei dem, was du zuerst im Purdom County und dann unten im Trapingus herausgefunden hast. Sag diesem fetten alten Sheriff Cribus, daß Wharton dir gestanden hat, daß er die Detterick-Mädchen vergewaltigt und ermordet hat. Daß er ein richtiges Geständnis abgelegt hat.« Sie wandte den heißen Blick kurz zu Brutal. »Sie können ihn unterstützen, Brutus. Sie können sagen, Sie waren dabei, als Wharton gestand, Sie haben es ebenfalls gehört. Ha, Percy hat es vermutlich auch gehört, und deshalb drehte er durch. Er erschoß Wharton, weil er nicht den Gedanken ertragen konnte, was Wharton diesen kleinen Mädchen angetan hatte. Da verlor er den Verstand. Einfach ... was ist los? Was, in Gottes Namen, ist los?«

Nicht nur Brutal und ich, auch Harry und Dean starrten sie entsetzt an.

»Wir haben so etwas nicht gemeldet, Ma'am«, sagte Harry. Er sprach, als redete er mit einem Kind. »Als erstes würden die Leute fragen, warum wir das nicht gemeldet haben. Wir sollen alles melden, was unsere Zellen-Babys über vorangegangene Verbrechen sagen. Ihre oder die anderer.«

»Nicht, daß wir ihm geglaubt hätten«, warf Brutal ein. »Ein Mann wie Wild Bill Wharton lügt bei allem, Janice. Bei Verbrechen, die er angeblich begangen hat, bei hohen Tieren, die er gekannt hat, bei Frauen, mit denen er geschlafen hat, bei sportlichen Rekorden auf der High School und sogar beim Wetter.«

»Aber ... aber ...« Ihre Miene wirkte gequält. Ich wollte den Arm um Janice legen, doch sie schob ihn heftig weg. *»Aber er war dort! Er strich ihre verdammte Scheune an! ER ASS MIT IHNEN ZU ABEND!«*

»Um so mehr Grund für ihn, sich mit den beiden Morden zu brüsten«, sagte Brutal. »Warum sollte er nicht mit den Verbrechen prahlen? Was konnte ihm schon passieren? Man kann nicht zweimal gegrillt werden.«

»Mal sehen, ob ich das alles richtig verstanden habe«, sagte Janice. »Wir hier am Tisch wissen, daß John Coffey diese Mädchen nicht getötet hat, sondern versucht hat, ihr Leben zu retten. Deputy McGee weiß all das natürlich nicht, aber er vermutet stark, daß der Mann, der für die Tat zum Tode verurteilt worden ist, sie nicht begangen hat. Und trotzdem ... *trotzdem* ... könnt ihr nicht dafür sorgen, daß er einen neuen Prozeß bekommt, daß der Fall neu aufgerollt wird.«

»Genau«, sagte Dean. Er polierte heftig seine Brillengläser. »Genau so ist es.«

Janice senkte den Kopf und dachte nach. Brutal wollte etwas sagen, doch ich hob eine Hand und brachte ihn zum Schweigen. Ich glaubte zwar nicht, daß Janice eine Lösung finden konnte, wie wir John vor dem elektrischen Stuhl retten konnten, aber ich hielt es auch nicht für unmöglich. Sie war eine schrecklich gescheite Lady, meine Frau, und ebenso schrecklich entschlossen. Das ist eine Kombination, die manchmal Berge versetzt.

»Also gut«, sagte sie schließlich. »Dann müßt ihr ihn auf eigene Faust aus der Zelle herausholen.«

»Ma´am?« Harry starrte sie entgeistert an. Und verängstigt.

»Ihr könnt das. Ihr habt es schon einmal gemacht, nicht wahr? Ihr könnt das wiederholen. Doch diesmal werdet ihr ihn nicht zurückbringen.«

»Wollen Sie es sein, die meinen Kindern erklärt, warum ihr Daddy im Knast sitzt, Mrs. Edgecombe?« fragte Dean. »Angeklagt, weil er einem Mörder bei der Flucht aus dem Gefängnis geholfen hat?«

»Es wird keine Anklage geben, Dean; wir werden einen Plan ausarbeiten. Es wird wie ein echter Ausbruch aussehen.«

»Achten Sie darauf, daß es ein Plan ist, den sich ein Typ ausgedacht hat, der sich nicht mal erinnern kann, wie man seine Schnürsenkel bindet«, sagte Harry. »Man muß ihm den Plan glauben.«

Sie schaute ihn unsicher an.

»Es würde zu nichts Gutem führen«, sagte Brutal. »Selbst wenn wir einen Weg finden, würde er zu nichts Gutem führen.«

»Warum nicht?« Janice hörte sich an, als würde sie gleich weinen. »Warum nicht, verdammte Hölle?«

»Weil er ein zwei Meter großer, kahlköpfiger Schwarzer ist, der kaum genug Verstand hat, sich zu ernähren«, sagte ich. »Was glaubst du, wie schnell er wieder eingefangen würde? In zwei Stunden? In sechs?«

»Er ist zuvor zurechtgekommen, ohne viel Aufmerksamkeit zu erregen«, sagte Janice. Eine Träne rann über ihre Wange. Sie wischte die Träne mit dem Handrücken fort.

Das stimmte. Ich hatte Briefe an einige Freunde und Verwandte tiefer im Süden geschrieben und gefragt, ob sie irgend etwas über einen Mann in den Zeitungen gelesen hatten, auf den John Coffeys Beschreibung paßte. Überhaupt nichts. Janice hatte sich ebenfalls erkundigt. Bis jetzt wußten wir nur von einem Fall, bei dem Coffey möglicherweise gesehen worden war, in der Stadt Muscle Shoals, Alabama. Ein Tornado hatte dort eine Kirche während einer Chorprobe hinweggefegt – das war 1929 gewesen –, und ein großer Schwarzer hatte zwei Chormitglieder aus den Trümmern gezogen. Beide waren von Umstehenden für tot gehalten worden, aber es stellte sich heraus, daß keiner von ihnen auch nur ernsthaft verletzt war. Es war wie ein Wunder, hatte einer der Augenzeugen gesagt. Der Schwarze, ein Herumtreiber, der vom Pastor angeheuert worden war, um einen Tag ein paar Aufgaben zu erledigen, war in dem Trubel danach verschwunden.

»Sie haben recht, Janice, er ist herumgekommen«, sagte Brutal. »Aber Sie müssen bedenken, daß er sich durchgemogelt hat, bevor er als Vergewaltiger und Mörder zweier kleiner Mädchen verurteilt wurde.«

Janice gab keine Antwort. Sie saß fast eine volle Minute stumm da, und dann tat sie etwas, was mich so sehr schockierte, wie sie von meiner Tränenflut schockiert gewesen sein mußte. Sie wischte mit einem weiten Schwung alles vom Tisch – Teller, Gläser, Tassen, Bestecke, die Schüssel mit Kartoffelbrei, den Teller mit Schinken, die Milch, die Kanne mit dem kalten Tee. Alles vom Tisch und auf den Boden – klirr-krach-schmetter.

»Scheiße«, stieß Dean hervor und ruckte so abrupt vom Tisch fort, daß er fast mit dem Stuhl umgekippt wäre.

Janice ignorierte ihn. Sie starrte Brutal und mich an, hauptsächlich mich. »Wollt ihr ihn töten, ihr Feiglinge?« fragte sie. »Wollt ihr den Mann töten, der Melinda Moores´ Leben gerettet hat? Der versucht hat, das Leben dieser kleinen Mädchen zu retten? Nun, dann wird wenigstens ein Schwarzer weniger auf der Welt sein, nicht wahr? Damit könnt ihr euch trösten. *Ein Nigger weniger.*«

Sie stand auf, schaute auf ihren Stuhl und trat ihn gegen die Wand. Er prallte ab und kippte in den verstreuten Kartoffelbrei. Ich faßte Janice am Handgelenk an, doch sie riß sich los.

»Rühr mich nicht an!« sagte sie. »Nächste Woche um diese Zeit wirst du ein Mörder sein, nicht besser als dieser Wharton, also rühr mich nicht an!«

Sie ging hinaus auf die hintere Veranda, zog ihre Schürze übers Gesicht und schluchzte hinein. Wir vier schauten uns an. Nach einer Weile erhob ich mich und begann, die Küche zu säubern. Brutal half mir, dann machten auch Harry und Dean mit. Als es in der Küche wieder mehr oder weniger tipptopp aussah, gingen sie. Die ganze Zeit sagte keiner von uns ein Wort. Es gab wirklich nichts mehr zu sagen.

6

In dieser Nacht hatte ich dienstfrei. Ich saß im Wohnzimmer unseres kleinen Hauses, rauchte Zigaretten, hörte Radio und beobachtete, wie die Dunkelheit den Himmel verschluckte. Fernsehen ist in Ordnung, ich habe nichts dagegen, aber ich mag nicht, wie es einen vom Rest der Welt weg zu seinem eigenen glasigen Ich hin zieht. In dieser Hinsicht jedenfalls war es besser, Radio zu hören.

Janice kam herein, kniete sich neben die Lehne meines Sessels und ergriff meine Hand. Eine Zeitlang sagte keiner von uns etwas, wir verharrten nur so und lauschten Kay Kaisers *Kollege of Musical Knowledge* und beobachteten, wie sich die Sterne zeigten. Es war alles in Ordnung für mich.

»Es tut mir so leid, daß ich dich einen Feigling genannt habe«, sagte Janice. »Ich fühle mich schlimmer deswegen als wegen allem, das ich in unserer ganzen Ehe zu dir gesagt habe.«

»Sogar als wir zum Campingplatz fuhren und du mich Old Stinky Sam genannt hast?« fragte ich, und dann lachten wir und küßten uns, und es war wieder besser zwischen uns. Sie war so wunderbar, meine Janice, und ich träume immer noch von ihr. Alt und des Lebens müde, wie ich bin, werde ich davon träumen, daß sie in diesem einsamen, vergessenen Ort, wo die Dielen nach Pisse und altem angebranntem Kohl stinken, in mein Zimmer tritt. Ich träume von ihrer Jugend und Schönheit, von ihren blauen Augen und den feinen, stolzen Brüsten, und ich kann kaum meine Hände über der Bettdecke halten. Sie sagt dann: *Schatz, ich war nicht bei diesem Busunfall. Du hast dich geirrt, das ist alles.* Sogar jetzt träume ich das noch, und manchmal, wenn ich aufwache und mir bewußt wird, daß es ein Traum war, heule ich. Ich, der als Junge kaum jemals geheult hat.

»Weiß Hal davon?« fragte Janice schließlich.

»Daß John unschuldig ist? Ich wüßte nicht, wie er das wissen sollte.«

»Kann er helfen? Hat er Einfluß bei Cribus?«

»Kein bißchen, Schatz.«

Sie nickte, als ob sie das erwartet hätte. »Dann sag es ihm nicht. Wenn er nicht helfen kann, sag ihm um Gottes willen nichts davon.«

»Ja, ich sage ihm nichts.«

Sie schaute mich ruhig an. »Und du wirst dich in dieser Nacht nicht krankmelden. Keiner von euch wird das tun. Das könnt ihr nicht tun.«

»Richtig, das können wir nicht. Wenn wir dabei sind, können wir es wenigstens schnell für ihn machen. Soviel können wir tun. Es wird nicht wie bei Delacroix sein.« Einen Moment lang, einen gnädig kurzen, sah ich die schwarze Seidenhaube von Dels Gesicht wegbrennen und die gekochten Klümpchen von Gelee, die seine Augen gewesen waren.

»Es gibt keinen Ausweg für dich, oder?« Janice führte meine Hand zu ihrer samtweichen Wange und rieb sie auf und ab. »Armer Paul. Armer guter Junge.«

Ich sagte nichts. Nie zuvor im Leben hatte ich so sehr gewünscht, vor etwas davonzulaufen. Einfach Jan mitzunehmen, wir beide mit einer einzigen gepackten Reisetasche zwischen uns, und irgendwohin zu laufen.

»Mein armer guter Junge«, wiederholte sie. Und dann: »Rede mit ihm.«

»Mit wem? John?«

»Ja. Rede mit ihm. Finde heraus, was *er* will.«

Ich dachte darüber nach und nickte. Sie hatte recht. Wie meistens.

7

Zwei Tage später, am achtzehnten, brachten Bill Dodge, Hank Bitterman und noch jemand – ich erinnere mich nicht, wer es war, irgendein Springer – John Coffey zum Block D zum Duschen, und während er fort war, probten wir seine Hinrichtung. Wir ließen John nicht von Toot-Toot doubeln; wir alle wußten, ohne darüber zu reden, daß es eine Obszönität gewesen wäre.

Ich war das Double.

»John Coffey«, sagte Brutal mit nicht ganz fester Stimme, als ich festgeschnallt auf Old Sparky saß. »Du bist zum Tode auf dem elektrischen Stuhl verurteilt worden, und das Urteil ist von einer Jury von deinesgleichen gefällt worden . . .«

John Coffey – seinesgleichen? Welch ein Witz. Soweit ich wußte, gab es keinen wie ihn auf dem Planeten. Dann dachte ich an das, was John gesagt hatte, als er am Fuß der Treppe von meinem Büro stehengeblieben war und auf Old Sparky gestarrt hatte. *Sie sind noch da, ich höre sie schreien.*

»Laßt mich runter«, sagte ich mit belegter Stimme. »Schnallt mich los.«

Sie taten es, aber für einen Moment fühlte ich mich wie festgeklebt auf dem elektrischen Stuhl, als wollte Old Sparky mich nicht gehen lassen.

Als wir zum Block zurückgingen, sagte Brutal so leise zu mir, daß sogar Dean und Harry, die die letzten Klappstühle aufstellten, es nicht hören konnten: »Ich habe ein paar Dinge in meinem Leben getan, auf die ich nicht stolz bin, aber dies ist das erste Mal, daß ich mich tatsächlich fühle, als riskierte ich es, in die Hölle zu kommen.«

Ich sah ihn an, um mich zu vergewissern, daß er nicht scherzte.

Ich bezweifelte, daß er das tat. »Wie meinst du das?«

»Ich meine, wir werden bald ein Geschenk Gottes töten«, sagte er. »Eines, das uns nie etwas angetan hat und keinem sonst etwas tun wird. Ich will damit sagen, daß ich vor Gott, dem allmächtigen Vater, enden werde, und er eine Erklärung von mir verlangt, warum ich es getan habe. War das mein Job? Mein *Job*?«

8

Als John vom Duschen zurückgebracht wurde und die Springer weg waren, schloß ich seine Zelle auf, ging hinein und setzte mich auf die Pritsche zu ihm. Brutal war am Wachpult. Er blickte auf und sah mich dort allein bei Coffey, sagte jedoch nichts. Er beschäftigte sich einfach weiter mit seiner Schreibarbeit und leckte andauernd an der Spitze seines Bleistifts.

John schaute mich mit seinen sonderbaren Augen an – blutunterlaufen, entrückt, den Tränen nahe – und doch ruhig, als ob ein verweintes Leben nicht so schlimm war, wenn man sich erst daran gewöhnt hatte. Er lächelte sogar ein wenig. Er roch nach Ivory-Seife, daran erinnere ich mich, und er war so sauber und frisch wie ein Baby nach seinem abendlichen Bad.

»Hallo, Boß«, sagte er, und dann ergriff er mit beiden Händen meine Hände. Er tat es mit einer perfekten Natürlichkeit.

»Hallo, John.« Da war ein kleiner Kloß in meiner Kehle, und ich versuchte, ihn hinunterzuschlucken. »Ich nehme an, du weißt, daß es jetzt bald soweit ist. Noch zwei Tage.«

Er sagte nichts, saß nur da und hielt meine

Hände in seinen. Im nachhinein denke ich, daß bereits etwas mit mir geschah, aber ich war zu konzentriert auf meine Pflicht – geistig und gefühlsmäßig –, um es zu bemerken.

»Möchtest du etwas Besonderes in dieser Nacht zum Abendessen, John? Wir können dir fast alles besorgen. Wir können dir sogar ein Bier bringen, wenn du eins möchtest. Du mußt es nur in einem Kaffeebecher trinken, das ist alles.«

»Hat mir nie geschmeckt«, sagte er.

»Möchtest du dann etwas Besonderes essen?«

Er runzelte die Stirn unter dem gewaltigen Kahlkopf. Dann glätteten sich die Falten, und er lächelte. »Hackbraten wäre gut.«

»Also Hackbraten. Mit Soße und Püree.« Ich spürte ein Kribbeln, wie man es im Arm spürt, wenn man darauf geschlafen hat, doch dieses Kribbeln war an meinem ganzen Körper. *In* meinem Körper. »Was möchtest du sonst noch?«

»Weiß nicht, Boß. Was immer Sie haben. Eine Gumboschote vielleicht, aber ich bin nicht wählerisch.«

»In Ordnung«, sagte ich, und ich dachte, er würde ebenfalls ein Stück von Mrs. Janice Edgecombes Pfirsichtorte zum Nachtisch bekommen. »Wie steht es mit dem Priester? Mit jemand, mit dem du übernächste Nacht ein kleines Gebet sprichst? Das tröstet einen, das habe ich oft erlebt. Ich könnte Kontakt mit Reverend Schuster aufnehmen, das ist der Mann, der kam, als Del ...«

»Ich will keinen Priester«, sagte John. »Sie waren gut zu mir, Boß. Sie können ein Gebet sprechen, wenn Sie wollen. Das wäre in Ordnung. Ich könnte mich eine Weile mit Ihnen hinknien, nehme ich an.«

»*Ich?* John, ich kann nicht . . .«

Er drückte meine Hände ein wenig fester, und dieses kribbelnde Gefühl wurde stärker. »Sie *können*«, sagte er. »Nicht wahr, Boß?«

»Ich nehme es an«, hörte ich mich sagen. Meine Stimme schien ein Echo zu entwickeln. »Ich nehme an, ich kann es, wenn es sein muß.«

Das Gefühl war jetzt stark in mir, und es war wie zuvor, als er mein Wasserwerk von der Blaseninfektion geheilt hatte, doch es war auch anders. Und nicht nur, weil ich diesmal nicht krank war. Es war anders, *weil er diesmal nicht wußte, daß er es tat*. Plötzlich bekam ich schreckliche Angst, erstickte fast an dem Verlangen, aus der Zelle herauszukommen. Lichter gingen in mir an, wo nie zuvor welche gewesen waren. Nicht nur in meinem Gehirn; in meinem ganzen Körper.

»Sie und Mr. Howell und die anderen Bosse waren gut zu mir«, sagte John Coffey. »Ich weiß, Sie haben sich Sorgen gemacht, aber damit sollten Sie jetzt aufhören. Denn ich *will* gehen, Boß.«

Ich wollte sprechen und konnte es nicht. Aber er konnte sprechen. Was er als nächstes sagte, war das Längste, das ich je von ihm hörte.

»Ich bin den Schmerz leid, den ich höre und fühle, Boß. Ich habe es satt, auf der Straße zu sein, einsam wie eine Wanderdrossel in der Nacht. Nie einen Freund zu haben, der mich begleitet oder mir sagt, woher wir kommen oder gehen oder warum. Ich habe es satt, daß Leute gemein zueinander sind. Das ist ein Gefühl wie Glasscherben in meinem Kopf. Ich mag nicht mehr all die Zeiten erleben, an denen ich helfen wollte und es nicht konnte. Ich bin es leid, in der Dunkelheit zu sein. Aber hauptsächlich ist es der Schmerz. Er ist zu stark. Wenn ich ihn beenden könnte, würde ich das tun. Aber ich kann es nicht.«

Hör auf, wollte ich sagen. Hör auf, laß meine Hände los, ich werde sonst ertrinken. Ertrinken oder explodieren.

»Sie werden nicht explodieren«, sagte er und lächelte ein wenig bei der Vorstellung ... aber er ließ meine Hände los.

Ich neigte mich vor und schnappte nach Luft. Zwischen meinen Knien konnte ich jeden Riß im Boden, jede Furche, jedes Glänzen von Glimmererde sehen. Ich schaute auf zur Wand und sah Namen, die dort 1924, 1926, 1931 hingeschrieben worden waren. Diese Namen waren weggewaschen worden, die Männer, die sie geschrieben hatten, waren sozusagen ebenfalls weggewaschen worden, aber ich nehme an, man kann nie etwas völlig abwaschen, nicht in diesem dunklen Glas einer Welt, und jetzt sah ich sie wieder, ein Gewirr von Namen übereinander, und während ich darauf schaute, war es, als hörte ich die Toten sprechen und singen und um Gnade schreien.

Ich spürte meine Augäpfel in ihren Höhlen pulsieren, nahm meinen eigenen Herzschlag laut wahr, hörte mein Blut durch all die Adern meines

Körpers rauschen, als würden überallhin Briefe zugestellt.

Ich hörte einen Zug in der Ferne pfeifen – der 3-Uhr-50-Zug nach Priceford, glaube ich, aber ich war mir nicht sicher, weil ich ihn nie zuvor gehört hatte. Nicht von Cold Mountain aus, meine ich, denn der Zug kam nicht näher an das Staatsgefängnis heran als zehn Meilen im Osten. Ich *konnte* ihn nicht vom Knast aus gehört haben, werden Sie sagen, und das hätte ich auch bis zum November 1932 geglaubt, aber an diesem Tag hörte ich ihn.

Irgendwo zerplatzte eine Glühbirne laut wie eine Bombe.

»Was hast du mit mir gemacht?« flüsterte ich. »Oh, John, was hast du mit mir gemacht?«

»Es tut mir leid, Boß«, sagte er auf seine ruhige Weise. »Ich habe an nichts gedacht. Es wird nicht viel passieren, schätze ich. Sie werden sich bald wieder normal fühlen.«

Ich stand auf und ging zur Zellentür. Ich fühlte mich, als wandelte ich in einem Traum. Als ich bei der Tür war, sagte Coffey: »Sie wundern sich, warum sie nicht geschrien haben? Das ist das einzige, über das Sie sich noch wundern, nicht wahr? Warum diese beiden kleinen Mädchen nicht geschrien haben, als sie noch auf der Veranda waren.«

Ich wandte mich um und schaute ihn an. Ich konnte jedes rötliche Äderchen in seinen Augen sehen, jede Pore seines Gesichts ... und ich spürte seinen Schmerz, den Schmerz, den er von anderen aufsaugte wie ein Schwamm Wasser. Ich konnte auch die Dunkelheit sehen, von der er gesprochen hatte. Sie war in allen Räumen der Welt, wie er sie sah, und in diesem Moment empfand ich sowohl Mitleid mit ihm als auch große Erleichterung. Ja, es war schrecklich, was wir tun würden, nichts würde das jemals ändern ... und dennoch würden wir ihm einen Gefallen tun.

»Ich habe es erkannt, als dieser böse Kerl mich packte«, sagte John. »Da wußte ich, daß er es getan hat. Ich habe ihn an diesem Tag gesehen. Ich war zwischen den Bäumen und sah, wie er sie fallen ließ und davonrannte. Aber ...«

»Du hattest es vergessen«, sagte ich.

»Das stimmt, Boß. Es fiel mir erst wieder ein, als er mich berührte.«

»Warum haben die Mädchen nicht geschrien, John? Er hat sie verletzt, sie bluteten, und ihre Eltern waren gleich oben im Haus. Warum haben sie nicht geschrien?«

John schaute mich gequält an. »Er sagte zu einem der Mädchen: ›Wenn du nicht mucksmäuschenstill bist, töte ich deine Schwester, nicht dich.‹ Das gleiche sagte er der anderen. Verstehen Sie?«

»Ja«, flüsterte ich, und ich konnte es verstehen. Die Veranda der Dettericks im Dunkeln. Wharton neigt sich wie ein leichenfressender Dämon über sie. Eines der Mädchen setzt zu einem Schrei an. Wharton schlägt es, und es blutet aus der Nase.

Es war hauptsächlich dieses Blut, das auf die Veranda getropft war.

»Er tötete sie mit ihrer Liebe«, sagte John.

»Ihrer Liebe zueinander. Verstehen Sie, wie es war?«

Ich nickte, brachte kein Wort heraus.

Er lächelte.

Die Tränen flossen wieder, doch er lächelte. »So ist es jeden Tag«, sagte er, »auf der ganzen Welt.« Dann legte er sich auf die Pritsche und drehte das Gesicht zur Wand.

Ich trat hinauf auf die Meile, schloß seine Zellentür ab und ging zum Wachpult. Ich fühlte mich immer noch wie in einem Traum. Ich erkannte, daß ich Brutals Gedanken hören konnte – ein sehr schwaches Wispern, wie um die Trennung eines Worts zu überlegen, ich glaube, das Wort hieß *empfangen*. Er dachte: *Wird das verdammte Wort em-pfan-gen oder emp-fan-gen getrennt?* Dann blickte er auf, begann zu lächeln und hörte im Ansatz auf, als er mich genauer betrachtete. »Paul? fragte er. »Ist alles in Ordnung?«

»Ja.« Dann erzählte ich ihm, was John mir gesagt hatte – nicht alles und natürlich nicht, was seine Berührung bei mir bewirkt hatte (ich habe diesen Teil niemals jemandem erzählt, nicht einmal Janice; Elaine Connelly wird die erste sein, die es erfährt, das heißt, wenn sie diese letzten Seiten lesen will, nachdem sie all die anderen gelesen hat), aber ich gab wieder, daß John sterben wollte. Das war anscheinend eine Erleichterung für Brutal – eine kleine jedenfalls –, aber ich spürte (hörte?), daß er sich fragte, ob ich das nicht erfunden hatte, nur um ihn zu beruhigen. Dann spürte ich, daß er sich entschied, es zu glauben, einfach weil es ihm die Dinge ein bißchen erleichtern würde, wenn es soweit war.

»Paul, kommt diese Infektion zurück?« fragte er. »Du siehst ganz rot aus.«

»Nein, ich glaube, ich bin okay«, sagte ich. Das war ich nicht, aber ich war zu diesem Zeitpunkt überzeugt, daß John recht hatte und ich bald wieder normal sein würde. Ich spürte, daß das Kribbeln nachließ.

»Trotzdem könnte es nicht schaden, wenn du in dein Büro gehst und dich ein bißchen hinlegst.«

Hinlegen war das letzte, nach dem mir in diesem Augenblick zumute war – die Idee kam mir so lächerlich vor, daß ich fast lachte. Ich war mehr in der Stimmung, mir vielleicht ein kleines Haus zu bauen, das Dach mit Schindeln zu decken, den Garten zu pflügen und zu bepflanzen. Alles vor dem Abendessen.

So ist es, dachte ich, *jeden Tag. Auf der ganzen Welt. Diese Dunkelheit. Auf der ganzen Welt.*

»Ich schaue lieber mal bei der Verwaltung vorbei. Muß dort ein paar Dinge überprüfen.«

»Wenn du meinst.«

Ich ging zur Tür und öffnete sie. Dann blickte ich zurück. »Du hast es richtig getrennt«, sagte ich. »EMP-FAN-GEN, nach dem P und dem N. So kenne ich es jedenfalls; aber ich nehme an, es gibt Ausnahmen von allen Regeln.«

Ich ging hinaus und brauchte nicht zurückzublicken, um zu wissen, daß er mir offenen Mundes nachstarrte.

Ich blieb den Rest dieser Schicht in Bewegung,

konnte nicht länger als fünf Minute hintereinander stillsitzen, bevor ich wieder aufsprang. Ich ging zur Verwaltung, und dann stelzte ich auf dem leeren Hof hin und her, daß die Wachen auf den Türmen mich für verrückt halten mußten. Als meine Schicht vorüber war, beruhigte ich mich allmählich wieder, und dieses Rascheln der Gedanken in meinem Kopf – es war wie das Rascheln von Blättern –, hatte ziemlich nachgelassen.

Doch auf dem halben Heimweg an diesem Morgen kehrte es stark zurück. Ich mußte meinen Ford am Straßenrand stoppen, aussteigen und fast eine halbe Meile sprinten, den Kopf gesenkt, mit den Armen pumpend, und der Atem, den ich einsog und ausatmete, war so warm wie etwas, das man unter der Achsel getragen hat. Ich joggte den halben Weg zum parkenden Ford zurück und ging den Rest des Weges langsam, und mein Atem dampfte in der kalten Luft. Als ich zu Hause eintraf, erzählte ich Janice, daß John Coffey mir gesagt hatte, er sei bereit und wolle sterben. Sie nickte und wirkte erleichtert. War sie das wirklich? Ich konnte es nicht sagen. Vor sechs Stunden, sogar vor drei, hätte ich es gewußt, aber nun wußte ich es nicht. Und das war gut. John hatte gesagt, daß er es leid war, und jetzt konnte ich verstehen, warum. Was er hatte, hätte jeden erschöpft. Jeder hätte sich nach Ruhe und Frieden gesehnt.

Als Janice fragte, warum mein Gesicht so gerötet war und warum ich so verschwitzt roch, erzählte ich ihr, daß ich den Wagen auf dem

Heimweg geparkt hatte und eine Weile gelaufen war, und zwar schnell. Soviel erzählte ich ihr – wie ich vielleicht schon gesagt habe (es sind jetzt zu viele Seiten und ich will nicht zurückblättern, um mich zu vergewissern), belogen wir uns nicht in unserer Ehe –, aber ich erzählte ihr nicht, warum ich gelaufen war.

Und sie fragte nicht.

9

Es gab kein Gewitter in der Nacht, in der John Coffey über die Green Mile gehen mußte. Es war der Jahreszeit entsprechend in dieser Gegend und in den dreißiger Jahren kalt, und der Schein von Millionen Sternen fiel auf die abgeernteten Felder, wo Frost auf Zaunpfosten glitzerte und wie Diamanten auf den vertrockneten Maiskolben des vergangenen Juli funkelte.

Bei dieser Hinrichtung hatte Brutus Howell die Leitung – er würde dem Todeskandidaten die Haube aufsetzen und Van Hay im Schaltraum das Kommando geben, wenn es soweit war. Bill Dodge war bei Van Hay. Und gegen elf Uhr zwanzig in der Nacht des zwanzigsten November gingen Dean, Harry und ich zu unserer einzigen belegten Zelle, in der John Coffey auf seiner Pritsche saß, verschränkte Hände zwischen den Knien, ein kleiner Fleck von Hackbratensoße auf dem Kragen seines blauen Hemdes. John Coffey schaute uns durch die Gitterstäbe an und schien viel ruhiger, als wir uns fühlten. Meine Hände waren kalt, und in meinen Schläfen pochte es. Zu wissen, daß er bereit war, war die eine Sache – sie ermöglichte uns wenigstens, unsere Arbeit zu tun –, aber es war eine andere Sache, zu wissen, daß wir ihn für ein Verbrechen, das ein anderer begangen hatte, auf dem elektrischen Stuhl hinrichten würden.

Ich hatte Hal Moores gegen sieben Uhr an diesem Abend zum letzten Mal gesehen. Er war in seinem Büro und knöpfte seinen Mantel zu. Sein Gesicht war bleich, und seine Hände zitterten so sehr, daß er Probleme mit den Knöpfen hatte. Ich wollte fast seine Hände zur Seite schieben und den Mantel für ihn zuknöpfen, wie man es bei einem kleinen Kind macht. Die Ironie war, daß Melinda bei Jans und meinem Besuch am vergangenen Wochenende besser ausgesehen hatte, als Hal an diesem Abend aussah.

»Ich sehe mir diese Hinrichtung nicht an«, sagte er, »Curtis wird dort sein, und ich weiß, daß Coffey bei Ihnen und Brutus in guten Händen sein wird.«

»Ja, Sir, wir werden unser Bestes tun«, sagte ich. »Gibt es neue Nachrichten über Percy?« Kommt er wieder zu Verstand? meinte ich natürlich. Sitzt er jetzt irgendwo in einem Zimmer und erzählt jemandem – höchstwahrscheinlich einem Arzt –, wie wir ihn in die Zwangsjacke steckten und in der Gummizelle einsperrten wie jedes andere Problemkind ... jeden anderen Scheißer in Percys Sprache? Und wenn, würde man ihm glauben? Aber laut Hal war Percys Zustand unverändert. Er sprach nicht und war anscheinend überhaupt nicht auf der Welt, soweit das jemand beurteilen konnte. Er war noch in Indianola – »wird beurteilt«, hatte Hal gesagt und verwirrt wegen der Formulierung gewirkt –, aber wenn es keine Verbesserung gab, würde er bald verlegt werden.

»Wie hält sich Coffey?« fragte Hal dann. Er hatte es endlich geschafft, den letzten Knopf seines Mantels zuzufummeln.

Ich nickte. »Er hält sich prima, Hal.«

Er nickte ebenfalls und ging zur Tür. Er sah alt und krank aus. »Wie kann soviel Gutes und Böses zusammen im selben Menschen sein? Wie kann der Mann, der meine Frau geheilt hat, derselbe Mann sein, der diese kleinen Mädchen tötete? Verstehen Sie das?«

Ich sagte ihm, daß ich es nicht verstand, daß Gottes Wege geheimnisvoll waren, daß Gutes und Böses in allen von uns ist, daß es uns nicht zusteht, nach dem Warum zu fragen, blabla, blablaba. Das meiste, was ich sagte, hatte ich in der Kirche ›Gelobt sei Jesus, der Herr ist der Allmächtige‹ gehört. Hal nickte die ganze Zeit und wirkte begeistert. Er konnte es sich erlauben, zu nicken, nicht wahr? Ja. Und auch, begeistert zu wirken. Sein Gesicht spiegelte eine tiefe Traurigkeit wider, ja, er war betroffen, das habe ich nie bezweifelt – aber diesmal gab es keine Tränen, denn er hatte eine Frau, zu der er heimkehren konnte, und es ging ihr prima. Dank John Coffey war sie gesund, und es ging ihr gut, und der

Mann, der John Coffeys Hinrichtungsbefehl unterzeichnet hatte, konnte zu ihr heimkehren. Er brauchte nicht mitanzusehen, was als nächstes geschah. Er würde in dieser Nacht in der Wärme seiner Frau schlafen, während John Coffey im Leichenschauhaus im Kellergeschoß des County Hospital liegen und in den freudlosen, stillen Stunden vor dem Morgengrauen kalt werden würde. Und ich haßte Hal deswegen. Nur ein bißchen, und ich würde darüber hinwegkommen, aber es war Haß, das muß ich sagen. Echter Haß.

Jetzt betrat ich die Zelle, gefolgt von Dean und Harry.

Beide waren blaß und deprimiert. »Bist du bereit, John?« fragte ich.

Er nickte. »Ja, Boß. Ich schätze, ja.«

»Also gut. Ich muß meinen Spruch aufsagen, bevor wir gehen.«

»Sagen Sie nur, was Sie sagen müssen, Boß.«

»John Coffey, als Beamter des Strafvollzugs . . .«

Ich sagte das Offizielle bis zum Ende, und als ich fertig war, trat Harry Terwilliger neben mich und streckte John die Hand hin. John blickte überrascht drein, dann lächelte er und schüttelte die Hand. Dean, blasser denn je, gab ihm als nächster die Hand. »Du verdienst etwas Besseres, John«, sagte er mit belegter Stimme. »Es tut mir leid.«

»Mit mir ist alles in Ordnung«, sagte John. »Dies ist der harte Teil. In einer kleinen Weile geht's mir gut.« Er stand auf, und das St. Christophorus-Medaillon, das Melly ihm geschenkt hatte, rutschte aus seinem Hemd.

»John, ich muß das haben«, sagte ich. »Ich kann es dir nach der ... später wieder umhängen, wenn du willst, aber ich sollte es jetzt an mich nehmen.« Es war aus Silber, und wenn es an seinem Körper lag, wenn Jack Van Hay den Saft anschaltete, konnte es an seiner Haut schmelzen. Und selbst wenn das nicht geschah, konnte es elektroplattieren und eine Art verkohltes Foto von sich auf der Brust hinterlassen. Ich hatte so was schon gesehen. Ich hatte fast alles während meiner Jahre auf der Meile gesehen. Mehr als gut für mich war. Das wußte ich jetzt.

Er streifte das Kettchen mit dem Medaillon über den Kopf und gab es mir. Ich steckte es in meine Tasche und forderte ihn auf, aus der Zelle zu treten. Es war nicht nötig, seinen Kopf zu überprüfen und festzustellen, ob der Kontakt gewährleistet und die Induktion gut war; sein Schädel war glatt wie meine Handfläche.

»Wissen Sie, Boß, ich bin heute nachmittag eingeschlafen und habe einen Traum gehabt«, sagte John. »Ich träumte von Dels Maus.«

»Tatsächlich, John?« Ich ging rechts von ihm. Harry flankierte ihn links. Dean folgte dahinter, und dann schritten wir über die Green Mile. Für mich war es das letzte Mal, an dem ich jemals einen Häftling begleitete.

»Ja«, sagte er. »Ich träumte, ich kam zu diesem Ort, von dem Boß Howell sprach, zu diesem Mouseville. Ich träumte, daß dort Kinder waren und wie sie über die Tricks der Maus lachten! Oh,

Mann!« Er lachte bei dem Gedanken daran, und dann wurde er wieder ernst. »Ich träumte, daß diese beiden kleinen blonden Mädchen dort waren. Sie lachten ebenfalls. Ich nahm sie in die Arme, und da war kein Blut in ihren Haaren, und es ging ihnen prima. Wir alle schauten Mr. Jingles zu, wie er die Spule rollte, und wir lachten und waren putzmunter.«

»So?« Ich dachte, ich konnte es nicht durchziehen, konnte es einfach nicht, es ging nicht. Ich glaubte, ich müßte schreien, oder mein Herz würde vor Kummer zerspringen, und das würde das Ende sein.

Wir gingen in mein Büro. John schaute sich kurz um, und dann kniete er sich ohne Aufforderung hin. Hinter ihm blickte mich Harry mit gequältem Blick an. Dean war weiß wie Papier.

Ich kniete mich neben John und dachte, daß sich eine komische Kehrtwendung um hundertachtzig Grad anbahnte: Nachdem ich all den Todeskandidaten aufgeholfen hatte, damit sie die Reise beenden konnten, war ich diesmal derjenige, der Hilfe brauchte. So fühlte ich mich jedenfalls.

»Um was sollten wir beten, Boß?« fragte John.

»Kraft«, erwiderte ich, ohne auch nur zu denken. Ich schloß die Augen und sagte: »Herr der Heerscharen, bitte, hilf uns zu beenden, was wir angefangen haben, und heiße bitte diesen Mann, John Coffey – wie das Getränk, aber anders geschrieben –, im Himmel willkommen und gib ihm Frieden. Bitte, hilf uns, daß wir ihn verabschieden, wie er es verdient, und daß nichts schiefgeht. Amen.« Ich öffnete die Augen und schaute Dean und Harry an. Beide sahen jetzt ein bißchen besser aus, vermutlich, weil sie einen Augenblick Zeit gehabt hatten, um zu Atem zu kommen. Ich bezweifle, daß es an meinem Gebet lag.

Ich wollte aufstehen, und John hielt mich am Arm zurück. Sein Blick war schüchtern und hoffnungsvoll zugleich. »Ich erinnere mich an ein Gebet, das mir jemand beibrachte, als ich klein war«, sagte er. »Ich meine wenigstens, ich kann mich erinnern. Darf ich es aufsagen?«

»Nur zu, John«, sagte Dean. »Wir haben noch viel Zeit.«

John schloß die Augen und konzentrierte sich. Ich dachte an Müde-bin-ich-geh-zur-Ruh oder vielleicht eine verstümmelte Version des Vaterunsers, aber ich hörte keines von beidem. Ich hatte nie gehört, was nun kam, und ich habe es auch seither nie wieder gehört. Nicht, daß es besonders ungewöhnlich war. John Coffey hielt die Hände vor seine geschlossenen Augen und sagte: »Baby Jesus, sanft und gelind, bete für mich, ein Waisenkind. Sei mein Freund, sei die Kraft meiner Hände, sei bei mir bis zum Ende. Amen.« Er öffnete die Augen, wollte sich erheben und betrachtete mich dann genau.

Ich wischte mir mit dem Arm über die Augen. Als ich ihm zugehört hatte, waren meine Gedanken bei Del gewesen; er hatte ebenfalls am Ende noch ein Gebet hinzufügen wollen. *Heilige Maria, Mutter Gottes, bete für uns Sünder, jetzt und in der Stunde unseres Todes . . .* »Tut mir leid, John.«

»Das ist nicht nötig«, sagte er. Er drückte meinen Arm und lächelte. Und dann, wie ich es geahnt hatte, half er mir auf die Füße.

10

Es waren nicht viele Zeugen da – vielleicht insgesamt vierzehn, nur halb soviel wie bei Delacroix´ Hinrichtung. Homer Cribus war da und strapazierte den Klappstuhl mit seiner Masse wie gewöhnlich, aber ich sah nichts von Deputy McGee. Er hatte sich offenbar wie Direktor Moores entschieden, dieser Hinrichtung nicht beizuwohnen.

In der ersten Reihe saß ein älteres Paar, das ich zuerst nicht erkannte, obwohl ich Fotos von ihm in vielen Zeitungen bei den Artikeln über diesen Tag in der dritten Woche des November gesehen hatte. Als wir uns dann der Plattform näherten, auf der Old Sparky wartete, zischte die Frau: »Stirb langsam, du Hurensohn!« und ich erkannte, daß es die Dettericks waren, Klaus und Marjorie. Ich hatte sie nicht wiedererkannt, weil man nicht oft ältere Leute sieht, die kaum über dreißig sind.

John zog bei den Worten der Frau und Sheriff Cribus´ beifälligem Grunzen die Schultern ein. Hank Bitterman, der auf Posten bei der dürftigen Gruppe von Zuschauern stand, ließ Klaus Detterick nicht aus den Augen. Das war auf meine

Anweisungen zurückzuführen. Aber Detterick machte in dieser Nacht keine Bewegung in Johns Richtung. Detterick war scheinbar auf einem anderen Planeten.

Brutal, der neben Old Sparky stand, gab mir einen kleinen Wink, als wir auf die Plattform traten. Er schob seine Waffe ins Holster, ergriff Johns Handgelenk und führte ihn so sanft zum elektrischen Stuhl wie ein Junge seine Angebetete zum ersten gemeinsamen Tanz auf die Tanzfläche geleitet.

»Alles in Ordnung, John?« fragte er leise.

»Ja, Boß, aber ...« Seine Augen rollten in den Höhlen hin und her, und zum ersten Mal wirkte er ängstlich. »Aber hier sind viele Leute, die mich hassen. *Viele.* Ich kann es spüren. Es tut weh. Wie Stiche von Bienen. Es *schmerzt.*«

»Dann spür, wie wir empfinden«, sagte Brutal leise. »Wir hassen dich nicht – kannst du das spüren?«

»Ja, Boß.« Aber seine Stimme zitterte jetzt schlimmer, und seine Augen hatten sich mit Tränen gefüllt.

»*Tötet ihn zweimal, Jungs!*« schrie Marjorie Detterick plötzlich. Ihre schrille Stimme war wie ein Peitschenhieb. John duckte sich gegen mich und stöhnte. *»Ja, tötet diesen Vergewaltiger und Kindermörder zweimal, das wäre prima!«* Klaus, der immer noch wie ein Mann wirkte, der mit offenen Augen träumte, zog sie an sich. Sie begann zu schluchzen.

Ich sah mit Bestürzung, daß Harry Terwilliger ebenfalls weinte. Bis jetzt hatte keiner der Zuschauer seine Tränen gesehen – er stand mit dem Rücken zu ihnen –, aber er heulte. Doch was konnten wir tun? Außer weitermachen, meine ich.

Brutal und ich drehten John um. Brutal drückte eine der Schultern des schwarzen Hünen, und John setzte sich. Er umfaßte Old Sparkys breite Eichenarme, sein Blick glitt hin und her, und er befeuchtete mit der Zungenspitze zuerst einen Mundwinkel, dann den anderen.

Harry und ich ließen uns auf die Knie sinken. Am Vortag hatten wir von einem Kalfaktor aus der Werkstatt flexible Vergrößerungen an die Klammern für die Knöchel schweißen lassen, denn John Coffeys Knöchel waren weitaus größer als die von durchschnittlichen Todeskandidaten. Wir hatten also Vorsorge getroffen, doch ich hatte einen alptraumhaften Augenblick, als ich dachte, daß die Klammern immer noch zu schmal waren und wir John in die Zelle zurück führen mußten, während Sam Broderick, der Leiter der Werkstatt in diesen Tagen, aufgetrieben wurde und rasch noch größere Klammern zurechtbastelte. Ich zerrte ein letztes Mal besonders hart an der Klammer auf meiner Seite, und sie schloß sich. Johns Bein zuckte, und er schnappte nach Luft. Ich hatte ihn gezwickt.

»Verzeihung, John«, murmelte ich und blickte zu Harry. Er hatte die Klammer leichter schließen können (entweder war sie auf seiner Seite ein wenig größer, oder Johns rechter Knöchel war etwas kleiner), aber er blickte mit zweifelnder

Miene auf das Resultat. Ich glaube, ich verstand den Grund; die abgeänderten Klammern sahen *hungrig* aus, ihre Rachen schienen aufzuklaffen wie die Kiefer von Alligatoren.

»Es wird alles in Ordnung sein«, sagte ich und hoffte, daß es überzeugend klang ... und daß ich die Wahrheit sagte. »Wisch dir übers Gesicht, Harry.«

Er wischte sich mit dem Ärmel Tränen von den Wangen und Schweiß von der Stirn. Wir wandten uns um. Homer Cribus, der zu laut mit seinem Nebenmann, dem Staatsanwalt, gesprochen hatte, verstummte. Es war fast soweit.

Brutal hatte eines von Johns Handgelenken festgeschnallt, Dean das andere. Über Deans Schulter hinweg sah ich den Arzt. Er stand, unauffällig wie immer, an der Wand, die schwarze Tasche zwischen den Füßen. Heutzutage rennen die Ärzte zu solchen Anlässen, besonders diejenigen mit dem Tropf, aber damals mußte man sie fast herbeizerren, wenn man sie brauchte. Vielleicht hatten sie damals eine klarere Vorstellung von dem, was zur Aufgabe eines Arztes gehörte und was eine Perversion des Eids ist, wenn sie schwören, vor allem keinen Schaden anzurichten.

Dean nickte Brutal zu. Brutal wandte den Kopf, blickte anscheinend zu dem Telefon, das niemals für jemanden wie John Coffey klingelt, und rief Jack Van Hay zu: »Stufe eins!«

Da war dieses Summen, als schalte sich ein alter Kühlschrank ein, und die Lampen wurden ein wenig heller. Unsere Schatten waren schärfer, schwarze Umrisse, die an der Wand hochkletterten und wie Geier um den Schatten des elektrischen Stuhls zu schweben schienen. John atmete scharf ein. Seine Handknöchel waren weiß.

»*Tut es schon weh?*« schrie Mrs. Detterick mit gebrochener Stimme an der Schulter ihres Mannes. »*Ich hoffe es! Ich hoffe, es tut höllisch weh!*« Ihr Mann drückte sie an sich. Aus einem Nasenflügel blutete er. Ich sah ein dünnes rotes Rinnsal in seinen schmalen Schnurrbart sickern. Als ich im folgenden März die Zeitung aufschlug und las, daß er an einem Schlaganfall gestorben war, zählte ich zu den am wenigsten überraschten Leuten auf der Erde.

Brutal trat in Johns Gesichtsfeld. Er berührte Johns Schulter, während er sprach. Das war gegen die Vorschriften, aber von den Zeugen wußte das nur Curtis Anderson, und er bemerkte es anscheinend nicht. Ich fand, er sah wie ein Mann aus, der nur seinen Job zu Ende bringen will. Es verzweifelt hinter sich bringen will. Er meldete sich nach Pearl Harbor bei der Army, kam jedoch nie nach Übersee; er starb bei einem Verkehrsunfall in Fort Bragg.

John entspannte sich unterdessen. Ich bezweifle, daß er viel – wenn überhaupt etwas – von dem verstand, was Brutal ihm sagte, aber er fand Trost, während Brutals Hand auf seiner Schulter ruhte. Brutal, der ungefähr fünfundzwanzig Jahre später an einem Herzanfall starb (er aß ein Fischbrötchen und schaute sich einen Ringkampf im Fernsehen an, als es ge-schah, sagte seine Frau), war ein guter Mann. Mein

Freund. Vielleicht der Beste von uns. Er hatte keine Mühe zu begreifen, daß ein Mann die letzte Reise antreten wollte und zugleich Angst davor hatte.

»John Coffey, Sie sind zum Tod auf dem elektrischen Stuhl verurteilt worden, das Urteil ist von einer Jury von ihresgleichen gefällt und von einem Richter dieses Staates verkündet worden. Gott schütze die Bürger dieses Staats. Haben Sie noch etwas zu sagen, bevor das Urteil vollstreckt wird?«

John befeuchtete wieder seine Lippen und sprach dann deutlich. Sechs Wörter. »Ich bedaure, daß ich so bin.«

»Das solltest du auch!« schrie die Mutter der beiden toten Mädchen. *»Du Monster. DAS SOLLTEST DU VERDAMMT BEDAUERN!«*

John blickte zu mir. Ich sah keine Resignation in seinen Augen, keine Hoffnung auf den Himmel, keinen beginnenden Frieden. Wie gerne würde ich Ihnen das Gegenteil sagen. Wie gerne würde ich es mir selbst sagen. Was ich sah, war Furcht, Elend, Unvollkommenheit, Unverständnis. Es waren die Augen eines gefangenen und verängstigten Tieres. Ich dachte an das, was er gesagt hatte, wie es Wharton gelungen war, Cora und Kathe Detterick von der Veranda zu holen, ohne jemanden im Haus aufzuwecken. *Er hat sie mit Liebe getötet. So ist es jeden Tag. Auf der ganzen Welt.*

Brutal nahm die neue seidene Haube zum Verhüllen des Gesichts vom Messinghaken hinten am Stuhl, aber als John sie sah und begriff, was es war, weiteten sich seine Augen vor Entsetzen. Er schaute mich an, und jetzt sah ich große Schweißtropfen auf seinem kahlen Schädel. Sie wirkten fast so groß wie Wanderdrosseleier.

»Bitte, Boß, tun Sie mir nicht dieses Ding übers Gesicht«, sagte er mit leiser, krächzender Stimme. »Bitte, lassen Sie mich nicht im Dunkeln sterben. Ich habe Angst vor der Dunkelheit.«

Brutal sah mich an. Er hatte die Augenbrauen gehoben, stand wie erstarrt da und hielt die Haube. Sein Blick sagte mir, daß es meine Entscheidung war, er würde sich daran halten. Ich überlegte so schnell und so gut ich konnte – es fiel mir schwer mit dem Pochen in den Schläfen. Das Verhüllen des Gesichts war Tradition, nicht gesetzlich vorgeschrieben. Es diente eigentlich nur dazu, die Zeugen zu schonen. Und plötzlich entschied ich mich, daß sie nicht geschont zu werden brauchten, diesmal nicht. John hatte schließlich nichts in seinem Leben getan, was rechtfertigte, wo er war. Sie wußten das nicht, aber wir wußten es, und ich entschloß mich, ihm seinen letzten Wunsch zu erfüllen. Marjorie Detterick würde mir vermutlich einen Dankesbrief schicken. »In Ordnung, John«, murmelte ich.

Brutal hängte die Haube wieder an den Stuhl. Homer Cribus rief empört mit seiner tiefen, knarrenden Stimme: »He, Mann! Streif ihm die Haube über! Meinst du, wir wollen seine Augen platzen sehen?«

»Seien Sie still, Sir«, sagte ich, ohne mich umzudrehen. »Dies ist eine Hinrichtung, und Sie tragen keine Verantwortung hier.«

»Genauso wenig, wie du für seine Festnahme verantwortlich bist, du Fettwanst«, flüsterte Harry. Harry starb 1982 als fast Achtzigjähriger. Ein alter Mann. An mein Alter kam er natürlich nicht heran, aber das kommen nur wenige. Er starb an irgendeinem Darmkrebs.

Brutal neigte sich vor und nahm den runden Schwamm aus dem Eimer. Er drückte einen Finger hinein und leckte die Fingerspitze ab, aber das war kaum nötig; ich sah, daß das häßliche braune Ding tropfte. Er steckte den Schwamm in die Kappe und setzte John die Kappe auf den Kopf. Jetzt fiel mir auf, daß Brutal ebenfalls blaß war – teigig bleich, am Rande der Ohnmacht. Ich dachte an seine Worte, daß er zum ersten Mal in seinem Leben das Gefühl hatte, in die Hölle zu kommen, weil wir uns darauf vorbereiteten, ein Geschenk Gottes zu töten. In mir stieg plötzlich Übelkeit auf. Ich brachte sie unter Kontrolle, aber nur mit Mühe. Wasser vom Schwamm tropfte an den Seiten von Johns Gesicht hinab.

Dean Stanton rollte den Brustgurt aus – bei diesem Anlaß zur maximalen Länge –, zog ihn über Johns Brust und gab mir das Ende. Wir hatten uns so große Mühe gegeben, Dean in der Nacht unseres Ausflugs wegen seiner Kinder zu schützen, und wir hatten nicht geahnt, daß er nur noch weniger als vier Monate zu leben hatte. Nach John Coffeys Hinrichtung reichte er ein Versetzungsgesuch ein und wurde von Old Sparky fort zum Block C versetzt, und dort stieß ihm ein Häftling einen Bolzen in die Kehle und ließ ihn auf dem schmutzigen Bretterboden verbluten. Ich erfuhr nie, warum. Ich bezweifle, daß jemand jemals den Grund erfährt. Old Sparky war so etwas Perverses, wenn ich an jene Tage zurückdenke, solch eine tödliche Narretei. Wir sind zerbrechlich wie geblasenes Glas, sogar unter den besten Bedingungen. Um einander mit Gas und Elektrizität und kaltblütig zu töten? Die Torheit. Der H*orror.*

Brutal überprüfte den Gurt und trat zurück. Ich wartete darauf, daß er sprach, doch das tat er nicht. Als er die Hände hinter dem Rücken verschränkte, wußte ich, daß er das Kommando nicht geben würde. Vielleicht weil er es nicht geben konnte. Ich bezweifelte, daß ich dazu in der Lage war, doch dann sah ich Johns angsterfüllte, weinende Augen und wußte, daß ich es tun mußte. Selbst wenn es mich für immer verdammte, ich mußte es tun.

»Stufe zwei«, sagt ich mit krächzender Stimme, die ich kaum als meine erkannte.

Die Kappe summte. Acht große Finger und zwei große Daumen erhoben sich von den Enden der breiten Eichenarme des elektrischen Stuhls und zuckten mit gezackten Spitzen in zehn verschiedene Richtungen. John Coffeys große Knie ruckten auf und ab, aber die Klammern an seinen Knöcheln hielten. Über uns explodierten drei der Hängelampen – *Rumms, peng, rums!* Marjorie Detterick schrie auf und wurde in den Armen ihres Mannes ohnmächtig. Sie starb achtzehn Jahre später in Memphis. Harry schickte mir die Todesanzeige. Es war ein Unfall mit einer Straßenbahn.

John sank nach vorne gegen den Brustgurt. Für einen Moment trafen sich unsere Blicke. Er nahm mich wahr. Ich war das letzte, was er sah, als wir ihn vom Rand der Welt kippten. Dann fiel er gegen die Rückenlehne zurück, die Kappe war jetzt ein wenig schief auf seinem Kopf, und Rauch – eine Art verkohlter Nebel – drang darunter hervor. Aber insgesamt ging es schnell. Ich bezweifle, daß es schmerzlos war, wie es die Befürworter des elektrischen Stuhls immer behaupten (das ist eine Theorie, die anscheinend selbst die fanatischsten Anhänger niemals persönlich in der Praxis überprüfen wollen), aber es war schnell. Die Hände waren wieder schlaff, die zuvor bläulichweißen Monde der Fingernägel hatten jetzt einen auberginefarbenen Ton, und Rauch kräuselte von Wangen empor, die noch naß vom Salzwasser aus dem Schwamm waren ... und von seinen Tränen.

John Coffeys letzte Tränen.

11

Mit mir war alles in Ordnung, bis ich zu Hause eintraf. Inzwischen dämmerte der Morgen, und Vögel sangen. Ich parkte meine Blechkiste, stieg aus und ging die hintere Treppe hinauf, und dann stieg die zweitgrößte Erleichterung, die ich je gehabt hatte, in mir auf. Ich dachte, es lag daran, daß John Coffey sich so vor der Dunkelheit gefürchtet hatte. Ich erinnerte mich an den Tag seiner Ankunft im Todesblock, wie er uns gebeten hatte, des Nachts eine Lampe anzulassen, und meine Beine gaben nach. Ich plumpste auf meine Treppe, neigte den Kopf über die Knie und weinte. Ich glaube, ich heulte nicht nur um John, sondern für uns alle.

Janice kam aus dem Haus und setzte sich neben mich. Sie legte einen Arm um meine Schultern.

»Du hast ihm nicht mehr weh getan, als sein mußte, nicht wahr?«

Ich nickte bestätigend.

»Und er wollte sterben.«

Ich nickte abermals.

»Komm ins Haus«, sagte sie und half mir auf. Ich mußte daran denken, wie John mir aufgeholfen hatte, nachdem wir zusammen gebetet hatten. »Komm rein und trink einen Kaffee.«

Das tat ich. Der erste Morgen verging, der erste Nachmittag, dann die erste Arbeitsschicht. Die Zeit siegt über einen, ob Sie es wollen oder nicht. Die Zeit siegt, und am Ende ist nur Dunkelheit. Manchmal finden wir andere in dieser Dunkelheit, und manchmal verlieren wir sie dort wieder. Das ist alles, was ich weiß, abgesehen davon, daß dies 1932 geschah, als die staatliche Strafvollzugsanstalt noch in Cold Mountain war.

Und als natürlich der elektrische Stuhl dort war.

12

Gegen Viertel nach zwei am Nachmittag kam meine Freundin Elaine Connelly ins Solarium, wo ich saß und die letzten Seiten meiner Geschichte vor mir ordentlich gestapelt hatte. Sie war sehr blaß und unter ihren Augen glänzte es. Ich glaube, sie hatte geweint.

Ich hatte nur aus dem Fenster geschaut, hinaus über die Hügel im Osten, und in meiner rechten Hand pochte es. Aber es war ein irgendwie friedliches Pochen. Ich fühlte mich wie eine leere Hülle. Ein Gefühl, das schrecklich und wunderbar zugleich war.

Es fiel mir schwer, Elaine in die Augen zu sehen – ich befürchtete, darin vielleicht Haß und Verachtung zu sehen –, aber sie waren in Ordnung. Traurig und verwundert, aber in Ordnung. Kein Haß, keine Verachtung, keine Ungläubigkeit.

»Willst du den Rest der Story lesen?« fragte ich. Ich klopfte mit der schmerzenden Hand auf den kleinen Stapel von Manuskriptseiten. »Sie ist fertig, aber ich kann verstehen, wenn du den Rest einfach nicht lesen willst ...«

»Es ist keine Frage, was ich *will*«, sagte Elaine. »Ich muß wissen, wie es ausgeht, obwohl ich annehme, daß du ihn zweifellos hingerichtet hast. Das Eingreifen der Vorsehung wird im Leben von gewöhnlichen Menschen stark überschätzt, finde ich. Aber bevor ich diese Seiten nehme ... Paul ...«

Sie verstummte, als wüßte sie nicht weiter. Ich wartete.

Manchmal kann man den Leuten nicht helfen. Manchmal ist es besser, es nicht mal zu versuchen.

»Paul, du redest hier, als hättest du 1932 zwei erwachsene Kinder – nicht nur ein Kind, sondern *zwei*. Wenn du deine Janice nicht geheiratet hast, als du zwölf und sie elf war, dann ist es unmöglich, daß ...«

Ich lächelte ein wenig. »Wir waren jung, als wir heirateten – viele Leute im Hügelland waren das, meine eigene Mutter heiratete jung – aber nicht *so* jung.«

»Wie alt warst du dann? Ich habe immer angenommen, du wärst Anfang Achtzig, in meinem Alter, vielleicht sogar ein bißchen jünger, aber nach dem, was ich gelesen habe ...«

»Ich war vierzig in dem Jahr, in dem John über die Green Mile ging«, sagte ich. »Ich wurde 1892 geboren. Das macht mich hundertundvier Jahre alt, wenn ich noch zählen kann.«

Sie starrte mich sprachlos an.

Ich hielt ihr den Rest des Manuskripts hin und erinnerte mich, wie John mich berührt hatte, dort in seiner Zelle. *Sie werden nicht explodieren,* hatte er gesagt und ein bißchen bei der Vorstellung gelächelt, und ich war es auch nicht ... aber etwas war trotzdem mit mir geschehen. Etwas Dauerhaftes.

»Lies den Rest«, sagte ich. »Die Anworten, die ich habe, stehen darin.«

»Also gut«, sagte sie fast flüsternd. »Ich habe

ein bißchen Angst, das kann ich nicht leugnen, aber ... in Ordnung. Wo wirst du sein?«

Ich stand auf, reckte mich und lauschte dem Knacken meiner Wirbelsäule. Eines wußte ich mit Sicherheit – ich konnte das Solarium nicht mehr ausstehen. »Draußen auf der Krocket-Spielstraße. Ich will dir immer noch etwas zeigen, und das ist in dieser Richtung.«

»Ist es ... gruselig?« In ihrem furchtsamen Blick sah ich das kleine Mädchen, das sie gewesen war, als Männer im Sommer Strohhüte und im Winter Mäntel aus Waschbärfell getragen hatten.

»Nein«, sagte ich lächelnd. »Nicht gruselig.«

»In Ordnung.« Sie schwenkte die Seiten. »Ich lese auf meinem Zimmer. Dann treffen wir uns auf der Krocket-Spielstraße ...« Sie blätterte in dem Manuskript und schätzte die Seitenzahl. »Um vier? Einverstanden?«

»Perfekt«, sagte ich und dachte an den zu neugierigen Brad Dolan.

Der würde dann weg sein.

Elaine drückte leicht meinen Arm und verließ das Solarium. Ich blieb einen Augenblick lang stehen, schaute auf den Tisch und konnte nicht glauben, daß er leer war außer dem Tablett, auf dem Elaine mir an diesem Morgen das Frühstück gebracht hatte. Meine Seiten waren verschwunden. Ich konnte irgendwie nicht fassen, daß ich fertig war ... und wie Sie sehen, war ich das auch noch nicht, weil ich nach dem Bericht über John Coffeys Hinrichtung all dies noch geschrieben und die letzten Seiten Elaine gegeben hatte. Und selbst da hatte ein Teil von mir gewußt, warum ich noch nicht fertig war.

Alabama.

Ich nahm die letzte Scheibe kalten Toast vom Tablett, ging nach unten und hinaus auf die Krocket-Spielstraße.

Dort setzte ich mich in die Sonne, beobachtete ein Dutzend Paare und eine langsame, aber fröhliche Vierergruppe beim Schwingen ihrer Schläger, hing meinen Altmän-nergedanken nach und ließ die Sonne meine Altmännerknochen wärmen.

Gegen Viertel vor drei begann die Schicht von drei bis elf Uhr auf dem Parkplatz einzutrudeln, und um drei Uhr fuhren die Leute der Schicht von sieben bis drei Uhr davon. Die meisten gingen in Gruppen zum Parkplatz, aber Brad Dolan war allein. Das war ein irgendwie aufheiternder Anblick; vielleicht war die Welt doch noch nicht ganz zum Teufel gegangen.

Eines seiner Witzbücher ragte aus seiner Gesäßtasche. Der Weg zum Parkplatz verlief längs der Krocket-Spielstraße, und so sah er mich dort, aber er winkte mir nicht und blickte mich auch nicht finster an. Das paßte mir ausgezeichnet. Er stieg in seinen alten Chevrolet mit dem Aufkleber ICH HABE GOTT GESEHEN, UND SEIN NAME IST NEWT. Dann fuhr er davon und hinterließ eine dünne Spur von billigem Motoröl.

Gegen vier Uhr gesellte sich Elaine zu mir, wie sie versprochen hatte. Ich sah ihr an den Augen an, daß sie noch etwas mehr geweint hatte. Ich legte den Arm um sie und drückte sie fest an mich. »Armer John Coffey«, sagte sie. »Und armer Paul Edgecombe.«

Armer Paul, hörte ich Jan sagen. *Armer guter Junge.*

Elaine begann wieder zu weinen. Ich hielt sie im Arm, dort an der Krocket-Spielstraße im Sonnenschein des Nachmittags. Unsere Schatten sahen aus, als tanzten sie. Vielleicht in den So-als-ob-Ballsälen, deren Musik wir in jenen Tagen im Radio hörten.

Schließlich hatte Elaine sich wieder unter Kontrolle und löste sich von mir. Sie fand ein Papiertaschentuch in ihrer Kleidtasche und wischte sich damit über die feuchten Augen. »Was geschah mit der Frau des Direktors, Paul? Was geschah mit Melly?«

»Sie wurde als das Wunder ihrer Zeit betrachtet, wenigstens von den Ärzten im Krankenhaus in Indianola«, sagte ich. Ich ergriff Elaines Arm, und wir spazierten zu dem Pfad, der vom Parkplatz für die Angestellten fort und in das Wäldchen führte. Zu dem Schuppen bei der Mauer zwischen Georgia Pines und der Welt der jüngeren Leute. »Sie starb – an einem Herzanfall, nicht an einem Gehirntumor – zehn oder elf Jahre später. 1943, glaube ich. Hal starb an einem Schlaganfall, so ungefähr um den Tag von Pearl Harbor herum – es kann sogar genau an diesem Tag gewesen sein –, sie überlebte ihn also um zwei Jahre. Ziemlich ironisch, was?«

»Und Janice?«

»Darauf bin ich heute noch nicht ganz vorbereitet«, sagte ich. »Ich werde es dir ein anderes Mal erzählen.«

»Versprochen?«

»Versprochen.« Aber das war ein Versprechen, das ich nie einhielt. Drei Wochen nach dem Tag, an dem wir zusammen in das Wäldchen spazierten (ich hätte ihre Hand gehalten, wenn ich nicht befürchtet hätte, ihren geschwollenen, arthritischen Fingern weh zu tun), starb Elaine Connelly friedlich in ihrem Bett. Wie bei Melinda Moores war ihr Tod das Resultat eines Herzanfalls. Der Pfleger, der sie fand, sagte, sie hätte friedlich ausgesehen, als wäre der Tod plötzlich und ohne viel Schmerzen eingetreten. Ich hoffe, er hatte recht. Ich habe Elaine geliebt. Und sie wird mir fehlen. Sie und Janice und Brutal und einfach alle.

Wir gelangten zu dem zweiten Schuppen am Pfad, zu dem unten an der Mauer. Er stand abseits zwischen verkrüppelten Kiefern, und ihre Schatten betupften das durchhängende Dach und die mit Brettern vernagelten Fenster. Ich ging darauf zu. Elaine blieb einen Moment zurück, und ich sah ihr an, daß sie Angst hatte.

»Es ist alles in Ordnung«, sage ich. »Wirklich. Komm mit.«

Die Tür hatte keine Klinke – es hatte einst eine gegeben, doch sie war weggerissen worden – und so benutzte ich ein gefaltetes Stück Karton als Keil zwischen Tür und Rahmen, um sie zuzuklemmen. Ich entfernte jetzt den Keil und betrat den Schuppen. Die Tür ließ ich so weit auf, wie es ging, denn drinnen war es dunkel.

»Paul, was? ... Oh. *Oh!*« Dieses zweite ›Oh‹

war fast ein Schrei. An einer Seite stand ein Tisch. Darauf lagen eine Taschenlampe und eine braune Papiertüte. Auf dem schmutzigen Boden stand eine Zigarrenkiste, die ich von dem Mann bekommen hatte, der die Getränke- und Bonbonautomaten des Altenheims auffüllte. Ich hatte ihn danach gefragt, und weil seine Firma auch Tabakprodukte verkaufte, war es leicht für ihn gewesen, daran heranzukommen. Ich bot ihm an, dafür zu bezahlen – als ich in Cold Mountain arbeitete, waren Zigarrenkisten begehrt und wertvoll gewesen, wie ich Ihnen vielleicht erzählt habe –, aber er lachte mich nur aus.

Über den Rand der Zigarrenkiste spähte ein glänzendes, kleines, schwarzes Augenpaar.

»Mr. Jingles«, sagte ich leise. »Komm her. Komm her, alter Junge, und begrüße diese Lady.«

Ich ging in die Hocke – es schmerzte, aber ich schaffte es – und streckte meine Hand aus. Zuerst dachte ich, er würde es diesmal nicht schaffen, über die Seite der Zigarrenkiste zu klettern, doch es gelang ihm mit einem letzten Sprung. Er fiel auf die Seite, rappelte sich auf und kam zu mir. Er humpelte leicht mit einem der Hinterbeine; die Verletzung, die Percy ihm zugefügt hatte, war in Mr. Jingles´ alten Tagen zurückgekehrt. In seinen alten, *alten* Tagen. Abgesehen von einem runden Fleck auf seinem Kopf und der Schwanzspitze war sein Fell völlig grau geworden.

Er hopste auf meine Handfläche. Ich hob ihn auf, und er streckte sich, um meinen Atem zu schnüffeln. Seine Ohren waren zurückgelegt, und seine kleinen schwarzen Augen blickten lebhaft. Ich hielt Elaine meine Hand hin. Sie schaute die Maus offenen Mundes und mit weit aufgerissenen Augen staunend an.

»Das kann nicht sein«, sagte sie und blickte zu mir auf. »Oh, Paul, das ... das *kann* nicht sein!«

»Schau zu«, sagte ich, »und dann sag das noch einmal.«

Ich nahm aus der Tüte auf dem Tisch eine Holzspule, die ich selbst bunt angemalt hatte – nicht mit Buntstiften, sondern mit farbigem Textmarker, eine Erfindung, von der man 1932 nicht einmal träumte. Es kam jedoch auf das gleiche hinaus. Die Rolle war so knallig bunt wie Dels Holzspule gewesen war, vielleicht sogar noch knalliger. *Messieurs et Mesdames,* dachte ich. *Bienvenue au cirque du mousie!*

Ich ging wieder in die Hocke, und Mr. Jingles flitzte von meiner Handfläche. Er war alt, aber besessen wie eh und je. Seit ich die Spule aus der Tüte genommen hatte, hatte er für nichts sonst Augen. Ich rollte die Spule über den unebenen Boden, und Mr. Jingles eilte sofort hinterher. Er rannte nicht mit seiner früheren Schnelligkeit, und sein Humpeln war schmerzlich anzusehen, aber warum sollte er schnell und sicher auf den Füßen sein? Er war alt, wie ich schon sagte. Ein Methusalem einer Maus. Mindestens vierundsechzig.

Er erreichte die Spule, als sie an die ferne Wand prallte und zurück hüpfte. Er umrundete sie und legte sich dann auf die Seite. Elaine wollte zu ihm gehen, doch ich hielt sie zurück. Nach einer Weile kam Mr. Jingles wieder auf die

Füße. Langsam, sehr langsam, schob er die Spule mit der Nase zu mir. Als er zu mir gekommen war – ich hatte ihn auf der Treppe zur Küche in fast der gleichen Verfassung gefunden, als hätte er eine weite, erschöpfende Reise hinter sich –, war er noch in der Lage gewesen, die Spule mit den Pfoten zu lenken, wie er es vor all diesen Jahren auf der Green Mile gekonnt hatte. Das schaffte er jetzt nicht mehr; sein Hinterbein stützte ihn nicht mehr. Doch mit der Nase war er so gut wie immer; er mußte einfach von einem Ende der Spule zum anderen laufen, um sie auf Kurs zu halten. Als er bei mir war, nahm ich ihn auf eine Hand – er wog nicht viel mehr als eine Feder – und die Spule auf die andere. Der Blick seiner glänzenden schwarzen Augen war stets auf die Spule gerichtet.

»Nicht nochmal, Paul«, sagte Elaine mit gebrochener Stimme. »Ich kann es nicht ertragen, ihn so zu sehen.«

Ich verstand, wie sie sich fühlte, aber ich dachte, daß ihr Wunsch falsch war. Mr. Jingles liebte es, hinter der Spule herzulaufen und sie zu holen; nach all den Jahren liebte er es immer noch so sehr. Wir sollten alle so glücklich in unseren Leidenschaften sein.

»Es sind auch Pfefferminzbonbons in der Tüte«, sagte ich. »Canada Mints. Ich nehme an, er mag sie noch – er hört nicht auf zu schnüffeln, wenn ich ihm einen Bonbon hinhalte –, aber seine Verdauung ist zu schlecht geworden, und so ißt er sie nicht. Ich bringe ihm statt dessen Toast.«

Ich ging wieder in die Hocke und brach ein kleines Stück von der Toastscheibe ab, die ich aus dem Solarium mitgenommen hatte, und legte es auf den Boden. Mr. Jingles schnüffelte an dem Stück Toast, nahm es dann zwischen die Pfoten und begann zu mampfen. Seinen Schwanz hatte er hübsch um sich herumgewunden. Er knabberte zu Ende und schaute dann erwartungsvoll auf.

»Manchmal können wir alten Knacker mit unserem Appetit überraschen«, sagte ich zu Elaine und gab ihr den Rest der Toastscheibe. »Versuch du es.«

Sie brach ein Stückchen Toast von der Scheibe ab und ließ es zu Boden fallen. Mr. Jingles humpelte hin, schnüffelte, schaute zu Elaine ... und hob es auf und knabberte.

»Verstehst du?« fragte ich. »Er weiß, daß du kein Aushilfswärter bist, kein Springer.«

»Woher kam er, Paul?«

»Keine Ahnung. Eines Tages ging ich raus zu meinem Morgenspaziergang, und da lag er auf der Küchentreppe. Ich wußte sofort, wer er war, aber ich besorgte mir eine Spule, um sicherzugehen. Und ich beschaffte eine Zigarrenkiste für ihn. Ausgelegt mit dem weichsten Stoff, den ich finden konnte. Er ist wie wir, Ellie – an den meisten Tagen eine einzige wunde Stelle. Doch er hat noch nicht all seinen Lebenshunger verloren. Er liebt immer noch seine Spule, und er liebt es immer noch, wenn er Besuch von seinem alten Blockpartner bekommt. Sechzig Jahre lang behielt ich die Geschichte von John Coffey für mich, über sechzig Jahre, und jetzt habe ich sie erzählt. Ich hatte auch so eine Ahnung, warum er zurückgekommen ist. Um mich wissen zu lassen, daß ich mich beeilen und es tun soll, solange noch Zeit ist. Weil ich wie er – dorthin komme.«

»Wohin?«

»Oh, das weißt du«, sagte ich, und ich beobachtete Mr. Jingles eine Weile schweigend. Dann, aus keinem Grund, den ich Ihnen nennen kann, warf ich die Spule wieder, obwohl mich Elaine gebeten hatte, es nicht zu tun. Vielleicht nur, weil in gewisser Weise seine Jagd nach der Spule wie die Version alter Leute von langsamem und vorsichtigem Sex war – Sie, die jung und überzeugt sind, daß Sie in Ihrem Fall im Alter eine Ausnahme sein werden, mögen es vielleicht nicht so sehen, aber *sie* wollen es immer noch tun.

Mr. Jingles eilte wieder hinter der Rolle her, unter sichtlichen Schmerzen und mit seiner ebenso (jedenfalls für mich) offensichtlichen früheren Freude.

»Mouseville«, flüsterte Elaine und schaute ihm nach.

»Der Zirkus in Mouseville«, stimmte ich lächelnd zu. »Einen Dime für Erwachsene, freier Eintritt für Kinder.«

»John Coffey berührte die Maus wie dich. Er heilte nicht nur deine damalige Krankheit, er machte dich ... resistent.«

»Das ist eine gute Bezeichnung, finde ich.«

»Resistent gegen Dinge, die schließlich den Rest von uns niederwerfen wie einen Baum mit Termiten. Du ... und er. Er machte dich resistent

... und ihn. Mr. Jingles. Als er Mr. Jingles zwischen die gewölbten Handflächen nahm.«

»Stimmt. Welche Kraft auch immer durch John übertragen wurde, sie bewirkte das – nehme ich jedenfalls an –, und jetzt ist sie fast verbraucht. Die Termiten haben sich durch unsere Rinde gefressen. Es dauert ein bißchen länger als normalerweise, aber sie kommen durch. Ich habe vielleicht noch ein paar weitere Jahre, denn Menschen leben immer noch länger als Mäuse, nehme ich an, aber Mr. Jingles´ Zeit ist fast abgelaufen.«

Er erreichte die Spule, humpelte um sie herum, fiel auf die Seite und atmete schwer (wir konnten sehen, wie sich sein graues Fell unter den keuchenden Atemzügen kräuselte), und dann stemmte er sich auf und begann die Spule spielerisch mit seiner Nase zurückzuschieben. Sein Fell war grau, sein Gang war unsicher, doch seine Augen glänzten wie immer.

»Du meinst, er wollte, daß du schreibst, was du geschrieben hast«, sagte Elaine. »Ist es so, Paul?«

»Nicht Mr. Jingles«, antwortete ich. »Nicht er, aber die Kraft, die ...«

»Hallo, Paulie. Und auch Elaine Connelly!« ertönte eine Stimme an der offenen Tür. Sie war von einer Art sarkastisch gespieltem Erschrecken erfüllt. »Habe ich euch erwischt! Was um Himmels willen treibt ihr beide hier?«

Ich wandte mich um, irgendwie überhaupt nicht überrascht, und sah Brad Dolan auf der Türschwelle. Er grinste wie jemand, der das

Gefühl hat, daß er andere prima hereingelegt hat. Wie weit war er nach der Schicht die Straße hinuntergefahren? Vielleicht nur bis zum Wrangler, der Kneipe an der nächsten Kreuzung, wo er ein Bier oder zwei getrunken hatte, bevor er zurückgekehrt war.

»Raus«, sagte Elaine kalt. »Verschwinden Sie auf der Stelle!«

»Du hast mir gar nichts zu sagen, du runzlige alte Hexe«, entgegnete er, immer noch feixend. »Vielleicht hättest du das in jüngeren Jahren tun können, aber die sind jetzt vorüber. Hier hast du dich nicht herumzutreiben. Das ist verboten. Kleines Liebesnest, Paulie? Ist es das, was du hier hast? Eine Art *Playboy*-Bude für Greise ...« Seine Augen weiteten sich, als er schließlich den Bewohner des Schuppens sah. »Was ist denn *das?* Nicht zu glauben!«

Ich schaute nicht hin. Erstens wußte ich, was dort war; zweitens hatte sich die Vergangenheit plötzlich über die Gegenwart geschoben und ein schreckliches Bild geschaffen, dreidimensional in seiner Realität. Es war nicht Brad Dolan, der dort auf der Türschwelle stand, sondern Percy Wetmore. Im nächsten Moment würde er in den Schuppen stürmen und Mr. Jingles zerstampfen (der keine Hoffnung mehr haben konnte, schnell genug zu sein, um ihm zu entkommen). Und diesmal gab es keinen John Coffey, der ihn vom Rand des Todes ins Leben zurückholen konnte. Wie es auch keinen John Coffey gegeben hatte, als ich ihn an diesem regnerischen Tag in Alabama gebraucht hatte.

Ich richtete mich auf und spürte nicht den Schmerz in meinen Gliedern und Muskeln. Ich stürmte auf Dolan zu. »Laß ihn in Frieden!« schrie ich. »Du rührst ihn nicht an, Percy, oder ich werde bei Gott . . .«

»Wen nennst du Percy?« fragte Brad und stieß mich so hart zurück, daß ich fast gefallen wäre. Elaine fing mich auf, obwohl es ihr weh tun mußte. Sie stützte mich. »Es ist auch nicht das erste Mal, daß du mich so genannt hast. Und hör auf, dir in die Hosen zu pissen. Ich habe nicht vor, ihn anzurühren. Das ist nicht nötig. Das ist eine tote Maus.«

Ich fuhr herum, dachte, daß Mr. Jingles nur auf der Seite lag, um zu Atem zu kommen, wie er es manchmal tat. Er lag auf der Seite, ja, doch sein Fell bewegte sich nicht. Ich versuchte mir einzureden, daß ich das Kräuseln des Fells noch immer sehen konnte, und dann brach Elaine in lautes Schluchzen aus. Sie bückte sich schwerfällig und hob die Maus auf, die ich zum ersten Mal auf der Green Mile gesehen hatte, als sie zum Wachpult gekommen war und sich tapfer wie ein Mann seinesgleichen genähert hatte . . . oder seinen Freunden. Jetzt lag Mr. Jingles reglos auf Elaines Hand. Seine Augen waren geschlossen. Er war tot.

Dolan grinste widerlich und bleckte dabei die Zähne, die sehr wenig Bekanntschaft mit einem Dentisten gemacht hatten. »Ah, wie traurig!« sagte er. »Haben wir soeben den Liebling der Familie verloren? Sollen wir eine kleine Beerdigung arrangieren, mit Papierblumen und . . .«

»Halt die Schnauze!« schrie Elaine ihn an, so laut und kräftig, daß er einen Schritt zurückwich und sein Grinsen verschwand. »VERSCHWINDE VON HIER! VERSCHWINDE, ODER DU WIRST KEINEN TAG MEHR HIER ARBEITEN! KEINE STUNDE MEHR! DAS SCHWÖRE ICH!«

»Du wirst keine Scheibe Brot mehr bekommen, wenn du dich an der Schlange der Bedürftigen anstellst«, sagte ich, aber so leise, daß keiner von beiden es hörte. Ich konnte nicht den Blick von Mr. Jingles nehmen, der wie der kleinste Bärenfellteppich der Welt auf Elaines Handfläche lag.

Brad war nahe daran, es darauf ankommen zu lassen, sie zu zwingen, Farbe zu bekennen – und er hatte recht, der Schuppen war verbotenes Gelände für die Bewohner von Georgia Pines, soviel wußte selbst ich –, doch dann gab er nach. Er war im Grunde seines Herzens ein Feigling wie Percy. Und er hatte vielleicht Elaines Behauptung überprüft, daß ihr Enkel ein hohes Tier war, und festgestellt, daß es stimmte. Und vor allem war seine Neugier befriedigt, sein Wissensdurst gestillt. Nach all seinen wilden Vermutungen hatte sich das Geheimnis als nicht so sehr groß erwiesen. Die Lieblingsmaus eines alten Mannes hatte offenbar in dem Schuppen gehaust. Jetzt war sie krepiert, hatte einen Herzanfall oder sonstwas bekommen, während sie die farbige Spule geschoben hatte.

»Ich weiß nicht, weshalb ihr so aus dem Häuschen seid«, sagt er. »Ihr tut, als wäre es ein Hund oder so was gewesen.«

»Raus!« zischte Elaine. »Verschwinde, du unwissender Flegel. Das bißchen Grips, das du hast, ist widerlich und verkommen.«

Er wurde rot. Die Stellen, an denen seine High-School-Pickel gewesen waren, nahmen ein dunkleres Rot an als der Rest. »Ich gehe«, sagte er, »aber wenn du morgen wieder hierhin kommst ... *Paulie* ... wirst du ein neues Schloß an dieser Tür sehen. Dieser Schuppen ist verbotenes Terrain für die Bewohner des Heims, ganz gleich, was die nörgelige alte Mrs. Meine-Scheiße-stinkt-nicht sagt. Sieh dir den Boden an! Die Bretter sind verzogen und verfault! Wenn du durchbrichst, wird dein mageres altes Bein brechen wie ein Stück Brennholz. Also nimm diese tote Maus, wenn du willst, und troll dich. Der Liebesschuppen ist hiermit geschlossen.«

Er machte kehrt und schritt davon wie jemand, der überzeugt ist, daß er sich einen guten Abgang verschafft hat. Ich wartete, bis er fort war, und nahm dann behutsam Mr. Jingles von Elaine entgegen. Mein Blick fiel auf die Tüte mit den Pfefferminzbonbons, und das bewirkte es – die Tränen kamen. Ich weiß nicht warum, aber ich heule heutzutage irgendwie leichter.

»Hilfst du mir, einen alten Freund zu begraben?« fragte ich Elaine, als Brad Dolans schwere Schritte verklungen waren.

»Ja, Paul.« Sie legte einen Arm um meine Hüfte und schmiegte den Kopf gegen meine Schulter. Mit einem alten und knorrigen Finger strich sie über das Fell des toten Mr. Jingles. »Das werde ich gern tun.«

Und so borgten wir uns eine Schaufel aus dem Gärtnereischuppen und begruben Dels Lieblingsmaus, während die Schatten des Nachmittags lang durch die Bäume fielen, und dann spazierten wir zurück zu unserem Abendessen und nahmen wieder auf, was von unserem Leben geblieben war. Und ich dachte an Del, der auf dem grünen Boden in meinem Büro kniete, Del, der die Hände gefaltet hatte und dessen kahler Kopf im Lampenschein glänzte, während er uns bat, uns um Mr. Jingles zu kümmern und dafür zu sorgen, daß der Böse ihm niemals mehr etwas antat. Doch der Böse tut uns allen am Ende etwas an, nicht wahr?

»Paul?« fragte Elaine. Ihre Stimme klang freundlich und erschöpft. Selbst das Ausheben eines kleinen Grabs, um eine Maus darin zu bestatten, ist für alte Schätzchen wie uns eine Menge Streß. »Alles in Ordnung?«

Mein Arm lag um ihre Hüfte. Ich drückte sie an mich. »Mir geht´s prima«, sagte ich.

»Sieh nur«, sagte sie. »Es wird ein wunderschöner Sonnenuntergang. Sollen wir draußen bleiben und ihn uns anschauen?«

»In Ordnung«, sagte ich, und wir blieben lange dort auf dem Rasen, Arm in Arm, und beobachteten, wie sich der Himmel färbte und dann die Farben zu dem Grau von Asche verblaßten.

Sainte Marie, Mère de Dieu, priez pour nous, pauvres pécheurs, maintenant et à l'heure de notre mort.

Amen.

13

1956

Alabama im Regen.

Unser drittes Enkelkind, ein schönes Mädchen namens Tessa, erhielt einen akademischen Grad der University of Florida. Wir fuhren mit einem Greyhound Bus dorthin. Ich war vierundsechzig, noch ein junger Hüpfer, und Jan war neunundfünfzig und so schön wie eh und je. Jedenfalls für mich. Wir saßen hinten im Bus, und Jan murrte während der ganzen Fahrt, weil ich ihr keine neue Kamera gekauft hatte, mit der sie bei dem großen Ereignis fotografieren konnte. Ich sagte ihr, daß wir nach unserer Ankunft einen Tag zum Einkaufen hatten und sie einen neuen Fotoapparat haben konnte, wenn sie einen haben wollte, unsere Haushaltskasse würde das verkraften, und ich dachte, daß sie nur so ein Theater machte, weil sie sich auf der Fahrt langweilte und das Buch nicht mochte, das sie mitgenommen hatte. Es war ein Perry Mason. Und dann verblaßt alles in meiner Erinnerung für eine Weile wie ein Film, den man geöffnet in der Sonne liegengelassen hat.

Erinnern Sie sich an diesen Unfall? Ich nehme an, ein paar Leute, die dies lesen, werden sich vielleicht entsinnen, aber die meisten nicht. Doch er machte Schlagzeilen von Küste zu Küste, als er geschah. Wir waren außerhalb von Birmingham in strömendem Regen, Janice beklagte sich über ihre alte Kamera, und ein Reifen platzte. Der Bus tanzte Walzer auf dem nassen Asphalt und wurde an der Seite von einem Truck gerammt, der Düngemittel transportierte. Der Truck schob den Bus mit mehr als sechzig Stundenmeilen gegen einen Brückenpfeiler, rammte ihn gegen den Beton und zerriß ihn in zwei Hälften. Zwei glänzende, regennasse Teile drehten sich in entgegengesetzte Richtungen, die Seite mit dem Tank explodierte und schickte einen rotschwarzen Feuerball in den grauen Himmel. Gerade hatte sich Janice noch über ihre alte Kamera beklagt, und im nächsten Augenblick fand ich mich auf der anderen Seite der Brücke im Regen auf der Straße liegend wieder und starrte auf ein paar blaue Nylonhöschen, die aus dem Koffer von jemand geflogen waren. MITTWOCH war in schwarzem Garn darauf gestickt. Überall waren aufgeplatzte Koffer. Und Leichen. Und Leichenteile. Es waren dreiundsiebzig Personen in diesem Bus gewesen, und nur vier überlebten den Unfall. Ich gehörte dazu, der einzige, der nicht ernsthaft verletzt wurde.

Ich rappelte mich auf und wankte zwischen den aufgeplatzten Koffern und verstreuten Leichen herum und schrie den Namen meiner Frau. Ich trat einen Wecker zur Seite, daran erinnere ich mich, und ich habe in Erinnerung, daß ich einen toten Jungen, ungefähr dreizehn Jahre alt, zwischen Glasscherben liegen sah, dessen halbes Gesicht fehlte. Ich spürte das Prasseln des Regens auf meinem Gesicht, und als ich unter der Brücke hindurchging, hörte es für eine Weile auf. Ich gelangte auf die andere Seite, und das Prasseln setzte wieder ein, der Regen trommelte gegen meine Wangen und die Stirn. Bei einem zerschmetterten Führerhaus des umgekippten Trucks mit Düngemitteln sah ich Jan. Ich erkannte sie an ihrem roten Kleid – es war ihr zweitbestes. Das beste hatte sie natürlich für die Abschlußfeier auf der Uni aufbewahrt.

Sie war nicht ganz tot. Ich habe oftmals gedacht, es wäre besser gewesen – wenn nicht für mich, dann für sie –, wenn sie sofort tot gewesen wäre. Es hätte mir vielleicht ermöglicht, sie ein bißchen eher aufzugeben, ein bißchen natürlicher. Oder vielleicht mache ich mir da auch nur etwas vor. Ich weiß nur mit Sicherheit, daß ich sie *nie* aufgegeben habe, nicht wirklich.

Sie zitterte am ganzen Körper. Einer ihrer Schuhe war vom Fuß gerissen worden, und ich sah, daß der Fuß zuckte. Ihre Augen waren offen, aber ausdruckslos, das linke war voller Blut, und als ich neben ihr im rauchig riechenden Regen auf die Knie fiel, konnte ich nur denken, daß dieses Zucken bedeutete, sie war auf dem elektrischen Stuhl hingerichtet worden; sie war unter Strom gesetzt worden, und ich mußte den Strom abschalten, bevor es zu spät war.

»Hilfe!« schrie ich. »Hilfe! Jemand muß mir helfen!«

Keiner half, niemand kam zu mir. Der Regen trommelte – starker Regen, der mein Haar durchnäßte und gegen den Kopf preßte –, und ich hielt sie in meinen Armen, und keiner kam. Ihre ausdruckslosen Augen blickten zu mir auf, in einer Art benommener Intensität, und Blut strömte aus ihrem Hinterkopf. Neben einer zitternden, krampfhaft zuckenden Hand lag ein Stück von verchromtem Stahl mit den Buchstaben GREY darauf. Daneben lag ungefähr ein Viertel von dem, was ein Geschäftsmann mit braunem Anzug gewesen war.

»*Helft mir!*« schrie ich wieder und wandte mich zur Brücke, und da sah ich John Coffey im Schatten stehen, selbst nur ein Schatten, ein großer Mann mit herabhängenden Armen und kahlem Kopf. »*John!*« schrie ich. »*Oh, John, bitte, hilf mir! Bitte, hilf Janice!*«

Regen rann in meine Augen. Ich blinzelte ihn fort, und John war verschwunden. Ich konnte die Schatten sehen, die ich für John gehalten hatte ... aber es waren nicht *nur* Schatten gewesen. Dessen bin ich mir sicher. Er war dort. Vielleicht nur als ein Geist, aber er war dort, und der Regen auf seinem Gesicht vermischte sich mit der endlosen Flut seiner Tränen.

Sie starb in meinen Armen, dort im Regen neben dem Truck mit Düngemitteln und im Geruch von brennendem Diesel. Für einen Moment kam sie zu Bewußtsein, ihr Blick wurde klar, die Lippen bewegten sich in einer letzten gewisperten Liebeserklärung. Ich spürte eine Art Anspannung ihres Körpers, und dann war sie tot. Ich dachte zum ersten Mal seit Jahren wieder an Melinda Moores, Melinda, die im Bett saß, obwohl all die Ärzte im Krankenhaus von Indianola geglaubt hatten, sie würde sterben; Melinda Moores, die frisch und ausgeruht war und John Coffey mit glänzenden, staunenden Augen anblickte. Melinda, die sagte: *Ich träumte, du bist durch die Dunkelheit gewandert, und ich ebenfalls. Wir haben einander gefunden.*

Ich ließ den verstümmelten Kopf meiner Frau auf den nassen Asphalt des Highways sinken, erhob mich (es war leicht; ich hatte nur einen kleinen Schnitt an der linken Hand, das war alles) und schrie seinen Namen in die Schatten unter der Brücke.

»John! JOHN COFFEY! WO BIST DU, GROSSER JUNGE?«

Ich ging auf diese Schatten zu, trat einen Teddybär mit Blut auf dem Fell zur Seite, eine Brille mit nur einem Glas, eine abgetrennte Hand mit einem Granatring am rosigen Finger. *»Du hast Hals Frau gerettet, warum nicht meine? Warum nicht Janice? WARUM NICHT JANICE?«*

Keine Antwort; nur der Gestank des brennenden Dieseltreibstoffs und der brennenden Leichen. Nur der Regen fiel unablässig aus dem grauen Himmel und trommelte auf den Asphalt, während meine Frau auf der Straße hinter mir lag. Keine Antwort damals, und keine Antwort jetzt. Aber John Coffey hatte 1932 nicht nur Melly Moores oder Dels Maus gerettet, die diesen putzigen Trick mit der Spule beherrschte und anscheinend nach Del gesucht hatte, lange bevor Del aufgetaucht war ... lange bevor John Coffey eingetroffen war.

John rettete auch mich, und Jahre später, als ich im Regen in Alabama stand, umgeben von Leichen und verstreutem Gepäck, und in den Schatten unter der Autobahnbrücke nach einem Mann suchte, der nicht da war, lernte ich eine schreckliche Sache: Manchmal gibt es überhaupt keinen Unterschied zwischen Rettung und Verdammung.

Ich fühlte mich von dem einen oder dem anderen durchströmt, als wir zusammen auf seiner Pritsche saßen – am achtzehnten November 1932. Was auch immer die sonderbare Kraft in ihm war, sie strömte durch die Berührung unserer Hände aus ihm heraus und in mich hinein, in einer Weise, wie es unsere Liebe und Hoffnung und unsere guten Absichten irgendwie niemals können, ein Gefühl, das als Kribbeln begann und zu einer gewaltigen Woge wurde, eine Kraft, die über alles hinausging, was ich je zuvor erlebt hatte und seither erlebt habe. Seit diesem Tag hatte ich nie Lungenentzündung oder Grippe, nicht mal eine Halsentzündung. Ich hatte nie wieder eine Blaseninfektion oder auch nur eine infizierte Schnittwunde. Ich hatte Erkältungen, aber sie waren selten – alle sechs oder sieben Jahre, und obwohl Leute, die nur selten Erkältungen haben, oftmals dann um so stärkere bekommen, wenn es sie erwischt, war das bei mir nie der Fall. Einmal, früher in diesem schrecklichen Jahr 1956, wurde bei mir ein Gallenstein entfernt. Ich glaube, das habe ich Ihnen erzählt. Vermutlich wird es komisch für einige Leser klingen, aber trotz allem, was ich gesagt habe, freute sich ein Teil von mir über den Schmerz, der einsetzte, als der Gallenstein fort war. Es war der einzige ernsthafte Schmerz, den ich seit diesem Problem mit meinem Wasserwerk gehabt hatte, vierundzwanzig Jahre zuvor. Die Krankheiten, die meine Freunde und gleichaltrige Bekannte befallen hatten, bis keiner von ihnen mehr übrig war – Schlaganfall, Krebs, Herzinfarkt, Leberkrankheiten, Blutkrankheiten –, all diese Krankheiten hatten mich verschont, hatten einen Bogen um mich gemacht, wie man einen Schlenker mit dem Wagen macht, um einem Hirsch oder Waschbär auf der Straße auszuweichen. Bei dem einzigen schweren Unfall, den ich hatte, war ich bis auf den Schnitt an der Hand unversehrt geblieben. 1932 impfte mich John Coffey mit Leben. Lud mich elektrisch auf wie jemand auf dem heißen Stuhl, könnte man sagen. Ich werde schließlich sterben – natürlich werde ich das, jede Illusion von Unsterblichkeit, die ich vielleicht gehabt hatte, war mit Mr. Jingles gestorben –, aber ich werde mich lange vorher nach dem Tod sehnen. Um ehrlich zu sein, ich sehne mich bereits danach und habe mich da-nach gesehnt, seit Elaine Connelly gestorben ist. Muß ich Ihnen das sagen?

Ich schaue mir diese Seiten wieder an, blättere sie mit meinen zitternden, fleckigen Händen durch, und ich frage mich, ob eine Botschaft darin ist wie in diesen Büchern, die aufmuntern und den Leser veredeln sollen. Ich denke zurück an die Predigten meiner Kindheit, die dröhnenden Versicherungen in der Kirche ›Gelobt sei Jesus, der Herr ist allmächtig‹, und ich rufe mir in Erinnerung, wie die Prediger zu sagen pflegten, daß Gott auch einen Spatz sieht, daß Er jedes, auch das letzte Seiner Geschöpfe sieht und beobachtet. Wenn ich an Mr. Jingles und die winzigen Holzsplitter denke, die wir in dem Loch im Dachbalken fanden, meine ich, daß es so ist. Doch dieser selbe Gott opferte John Coffey – der auf seine schlichte Art nur versuchte, Gutes zu tun – so grausam, wie jener Prophet des Alten Testaments ein wehrloses Lamm opferte ... wie Abraham seinen eigenen Sohn geopfert hätte, wenn es tatsächlich von ihm verlangt worden wäre. Ich denke an Johns Worte, daß Wharton die Detterick-Zwillinge mit ihrer Liebe füreinander tötete und daß es jeden Tag geschah, auf der ganzen Welt. Wenn es geschieht, dann *läßt* Gott es geschehen, und wenn wir sagen: ›Ich verstehe das nicht‹, erwidert Gott: ›Das ist mir gleichgültig‹.

Ich denke daran, daß Mr. Jingles starb, während ich ihm den Rücken zuwandte und meine Aufmerksamkeit einem widerwärtigen, unfreundlichen Mann galt, dessen stärkstes Gefühl anscheinend eine besondere Art von Boshaftigkeit und Neugier ist. Ich denke an Janice, die in ihren letzten Sekunden zitterte, während ich bei ihr im Regen kniete.

Hör auf, versuchte ich John an jenem Tag in seiner Zelle zu sagen. *Laß meine Hände los. Ich werde ertrinken, wenn du es nicht tust. Ertrinken oder explodieren.*«

»Sie werden nicht explodieren«, antwortete er, als er meinen Gedanken hörte und bei der Vorstellung lächelte. Und das Schreckliche ist, daß es stimmte. Ich bin nicht explodiert.

Ich habe wenigstens ein Leiden eines alten

Mannes: Ich leide an Schlaflosigkeit. Spät in der Nacht liege ich in meinem Bett und lausche den dumpfen und hoffnungslosen Geräuschen gebrechlicher Männer und Frauen, die sich tiefer ins Alter husten. Manchmal höre ich ein Klingeln, mit dem ein Pfleger gerufen wird, oder das Quietschen von Schuhen auf dem Flur oder Mrs. Javits´ kleinen Fernseher, aus dem die Spätnachrichten dudeln. Ich liege hier, und wenn der Mond vor meinem Fenster steht, beobachte ich ihn. Ich liege hier und denke an Brutal, an Dean und manchmal auch an William Wharton. *Stimmt, Nigger, ich bin so böse, wie du dir nur denken kannst.* Ich erinnere mich an Delacroix und glaube ihn sagen zu hören: *»Sehen Sie nur, Mr. Edgecombe, ich bringe Mr. Jingles eine neue Trick bei.«* Ich denke an Elaine, die an der Tür des Solariums steht und Brad Dolan sagt, daß er mich in Frieden lassen soll. Manchmal döse ich und sehe diese Autobahnbrücke im Regen, und John Coffey steht darunter in den Schatten. Er ist nie nur eine Sinnestäuschung in diesen kleinen Träumen. Er ist es immer tatsächlich, mein großer Junge. Er steht nur da und beobachtet. Ich liege hier und warte. Ich denke an Janice, wie ich sie verloren habe, wie sie mir im Regen blutig aus den Händen glitt, und ich warte. Jeder von uns muß sterben, ohne Ausnahme, das weiß ich, aber manchmal, o Gott, ist die Green Mile so lang.

ENDE

Nachwort des Autors

Ich weiß nicht, wie es bei Ihnen war, aber mir hat es viel Spaß gemacht. Ich bezweifle, daß ich es wiederholen möchte (allein schon, weil einem die Kritiker sechsmal in den Hintern treten statt nur einmal), doch ich möchte die Erfahrung um nichts in der Welt missen. Während ich dieses Nachwort schreibe, bevor Teil 2 von *The Green Mile* veröffentlicht wird, ist das Experiment mit den Romanen in Fortsetzungen anscheinend ein Erfolg, zumindest was die Verkaufszahlen betrifft. Dafür, treue Leserschaft, möchte ich Ihnen danken. Und etwas, das ein bißchen anders ist, weckt uns vielleicht alle ein wenig auf – zeigt uns das alte Geschäft des Geschichtenerzählens in neuem Licht. So empfand ich es jedenfalls.

Ich schrieb eilig, weil Umfang und Termindruck verlangten, daß ich eilig schrieb. Das war ein Teil des Kitzels, aber es führte vielleicht zu einigen Anachronismen. Die Aufseher und Häftlinge hören in Block E im Radio *Allen's Alley*, und ich bezweifle, daß Fred Allen 1932 tatsächlich im Rundfunk gesendet wurde. Das mag auch für Kay Kyser und sein *Kollege of Musical Knowledge* gelten. Ich will mich nicht herausreden, aber manchmal hat es für mich den Anschein, daß jüngere Geschichte schwerer zu erforschen ist als das Mittelalter oder die Zeit der Kreuzzüge. Ich konnte ermitteln, daß Brutal die Maus auf der *Green Mile* tatsächlich Steamboat Willie genannt haben kann – der Disney-Comic existierte zu diesem Zeitpunkt fast vier Jahre –, aber ich habe den schleichenden Verdacht, daß das kleine pornographische Comicbuch mit Popeye und Olive Oyl nicht in die Zeit paßt. Ich werde vielleicht einiges von diesen Dingen in Ordnung bringen, falls und wenn ich mich entscheide, *The Green Mile* als Einzelband zu bringen – aber vielleicht werde ich die Schnitzer auch drin lassen. Hat schließlich nicht auch der große Shakespeare in *Julius Caesar* den Anachronismus gebracht, daß eine Uhr schlägt, lange bevor die mechanischen Uhren erfunden wurden?

The Green Mile als Einzelband zu veröffentlichen, würde in sich wieder eine einzigartige Herausforderung sein, das ist mir klargeworden – das Buch könnte gewiß nicht herausgebracht werden wie in den Fortsetzungen. Da ich mir Charles Dickens als Vorbild nahm, fragte ich herum, wie Dickens mit dem Problem fertig wurde, die Erinnerung seiner Leserinnen und Leser zu Beginn jeder neuen Episode aufzufrischen. Ich hatte etwas Ähnliches wie die Zusammenfassung erwartet, die jeder Fortsetzung in meiner geliebten *Saturday Evening Post* voranging, und festgestellt, daß Dickens nicht so simpel vorgegangen war; er baute die Zusammenfassung in die jeweilige Folge ein.

Während ich überlegte, wie ich das anpacken sollte, wies meine Frau mich darauf hin (sie nörgelt eigentlich nicht herum, aber manchmal berät sie ziemlich unermüdlich), daß ich die Geschichte von Mr. Jingles, der Zirkusmaus, nie richtig beendet hatte. Ich fand, daß sie recht hatte, und erkannte, daß ich eine ziemlich interessante ›Front Story‹ schaffen konnte, wenn ich Mr. Jingles zu einem Geheimnis in Paul Edgecombes Alter machte. (Das Ergebnis ähnelt ein wenig der Art der Filmversion von *Fried Green Tomatoes*). Eigentlich entpuppte sich alles im Vorspann mit Pauls Geschichte – sein Leben im Altenheim Georgia Pines – zu meiner Zufriedenheit. Besonders gefiel mir, daß Dolan, der Pfleger, und Percy Wetmore in Pauls Gedanken miteinander verflochten wurden. Und das war etwas, das ich nicht geplant hatte; wie bei den glücklichsten Fiktionen ergab es sich einfach und nahm seinen Platz ein.

Ich möchte Ralph Vicinanza danken, der mich überhaupt erst auf die Idee des ›Serien-Thrillers‹ gebracht hat, und all meinen Freunden bei Viking, Penguin und Signet, die mich darin bestärkten, obwohl sie zu Beginn eine Heidenangst hatten (alle Schriftsteller sind verrückt, und natürlich wußten sie das). Ich möchte auch Marsha DiFillippo (sic) danken, die einen ganzen Stenoblock voll mit meinen engen handschriftlichen Notizen abtippte und sich nie beklagte. Nun ... fast nie.

Vor allem möchte ich jedoch meiner Frau Tabitha danken, die diese Geschichte las und sagte, daß sie ihr gefiel. Schriftsteller schreiben fast immer mit einem Idealleser im Sinn, nehme ich an, und meine Frau ist meiner. Wir stimmen nicht immer darin überein in dem, was jeder schreibt (Teufel, wir sind selten einer Meinung, wenn wir zusammen im Supermarkt einkaufen), aber wenn sie etwas gut findet, dann ist es das für gewöhnlich auch. Denn sie ist hart in ihrem Urteil, und wenn ich versuche, zu mogeln oder etwas abzukürzen, merkt sie es immer.

Und ich möchte Ihnen, meinen treuen Leserinnen und Lesern, danken. Wenn Sie irgendwelche Vorschläge zu *The Green Mile* als Einzelband haben, lassen Sie mich das bitte wissen.

Stephen King
28. April 1996
New York City